U0115334

文學研究叢書・古典詩學叢刊

臺灣古典詩社采風

第二輯

林宏達　主編

陳序

詩歌具有音樂性，是可以歌唱的文學體裁，初始是先民內心有所感觸而發為口傳歌謠，後經文字寫定而成詩歌，因此詩歌除傳達出作者的真情實感外，更是作者心音的藝術表現。《詩・大序》:「詩者，志之所之也。在心為志，發言為詩。情動於中而形於言，言之不足，故嗟嘆之；嗟嘆之不足，故詠歌之；詠歌之不足，不知手之舞之，足之蹈之也。」由此可以知道寫詩有抒發情感的作用，即便「形於言」有所不足時，仍可藉由「嗟嘆」、「詠歌」、「手舞」、「足蹈」等等來補足，以符應內在情感的抒發，如此看來，寫詩是多麼讓人舒心的一件事啊！而《禮記・樂記》也記載:「凡音之起，由人心生也。人心之動，物使之然也。感於物而動，故形於聲。聲相應，故生變；變成方，謂之音；比音而樂之，及干戚羽旄，謂之樂。」又說:「詩言其志也，歌詠其聲也，舞動其容也。三者本於心，然後樂器從之。」由此知道詩歌是極具音樂美的文字藝術，不僅僅是作者內心所感而外顯而已，更同時與音樂、舞蹈綰結的非常緊密。如此看來，寫詩不僅僅是舒心而已，更是一件令人暢快的事，可說是現代人養生的一瓢文化活水，更是我中華文化最堅實的根柢。

寫詩雖然有這麼些好處，但自五四新文學運動後，「古典詩」漸漸被推入「古板」、「不實用」的框架中，致使原本蓬勃活潑的詩社，漸漸失去原有的活力；原本老中青壯幼各年齡層具足的詩社，也漸漸失去活血的注入，而逐漸老化凋零。雖然時勢如此，乃至今日洋風、韓風、日風強襲登臺的時代，古典詩的價值不減卻日益增顯，支撐中華文化根基的力道更加強盛，因為古典詩歌，反映著數千年來先民的精神、智慧、情感，更承載著數千年來中華民族各朝各代的人事物，如此一詩一詩的彙聚，便足以讓我們知悉過往、立足當下、放眼未來！

宏達教授是我認識多年的好友，對古典詩詞有著傾心的情感，在此詩社式微的時代，希望能使出綱維以挽狂瀾，因此主持彙編各地詩社，以成《臺灣古典詩社采風》，逐步建立各詩社的立設、組織、發展、成員、活動、教學，乃至網站的設立等資料，如此對各詩社歷史地位的呈現有其貢獻，而對現有各詩社成員更有強實的向心力產生，所以對日入頹勢的詩社而言，當能使根扎得更深，使枝葉更加繁茂，對於吸引志同道合的活血注入，已可預期。

在彙編部份詩社成輯後，宏達教授邀我寫序，有感於我在古典詩吟誦及研究數十年的基礎與情感，同時我們也有著古典詩以及詩社能更加發揚的共同期望，因此斗膽接下這任務，冒昧抒發內心的感受，企盼　詩友詞長共同努力，並不吝指教！

國立嘉義大學中國文學系教授、人文藝術學院院長

陳茂仁　謹啟

主編序

文學創作自有其根柢，即使經過千年的鍛鍊，仍保有必須存在的要素。中國傳統文學由《詩經》發源韻文開始，歷經古詩、樂府、近體詩、詞、曲等變革，甚至到今天的流行歌詞，均可識得彼此傳承的痕跡。王國維曾言「一代有一代之文學」，但文學的流變也告訴我們，有些文體是歷久彌新的，正如古典詩歌。

古典文學在五四新文學運動後，逐漸脫離主流，當時力求突破語言的框架，用白話文的方式創作，藉此擺脫傳統文學的窠臼。在臺灣，五四新文學發展之際，一方面接受著殖民政府帶來的新式教育，同時持續接觸中國傳統的私塾教育，因此，在眾聲喧嘩的場域中，仍保有古典文學的一席之地，至今不輟。而古典詩歌一直是過去文人雅士所愛好的文體，其中近體詩，更成為騷人墨客相互交流、唱和應答的方式。

臺灣古典詩社的發展已有百年以上的歷史。從日治時期便有臺中櫟社（一九〇一）、臺南南社（一九〇六），以及臺北瀛社（一九〇九）鼎足而三，伴隨而來的，是各地詩社林立的盛況。正因傳統詩社的普及，詩社間互相往來，也有大型活動聚集詩人彼此交流，激盪火花，並舉辦現場擊鉢或主題徵詩賽事，活絡詩壇創作，讓古典詩歌在臺灣仍不斷持續耕耘。

有感於此，筆者在二〇二〇年始與《國文天地》總編輯張晏瑞先生合作，向國內各大傳統詩社邀稿，有助於讓外界瞭解該詩社的發展與變化。《國文天地》「臺灣古典詩社系列專輯」第一季，共編有五期，介紹四家傳統詩社，也藉此證明臺灣各地皆有重要且相當活躍的古典詩社，持續傳承中華文學與文化之美，亦證明經典文體生生不息，擁有高度價值與永續流傳的可能。

第一輯收錄的是皆具百年聲譽的「瀛社」與「天籟吟社」。從傳統的架構組織，到立案成為「臺灣瀛社詩學會」與「臺北市天籟吟社」的學會、公司等新局面，可謂歷久不衰且活動力十足，堪稱臺灣民間古典詩社之代表。

臺灣瀛社詩學會目前的發展以詩歌創作、漢音韻學，以及詩詞吟唱為主，除定期舉辦社員大會、創作與吟唱發表會外，亦培植生力軍拓展子詩社，開枝散葉。其積極向下扎根，吸收青年社員，並且與學界合作，增加民間詩社與校園詩社交流的機會。書中主要呈現瀛社成立經過、組織變革、活動內容與教學方式等面向，以及重要成員對社團的影響、加入多媒體與結合網路的新變，並陳述未來發展的可能。

臺北市天籟吟社，若從文人吟詩的角度探究，中部地區常聽聞所謂「鹿港調」，係泛指中、彰、鹿港一代詩社所使用的吟調；而在北部則是「天籟調」頗負盛名，可見天籟吟社在詩詞吟唱的傳承上深具建樹。天籟吟社除了積極出版詩社相關成果外，有三點是值得一提的發展特色：其一，由名譽理事長姚啟甲創立的「三千教育中心」，匯聚臺灣詩壇大老與青年菁英，定期舉辦專題講座，開放社員與社外人士參與。其二，舉辦全臺徵詩比賽，拓展知名度，藉此廣招青年俊秀加入。其三，與大專院校的學生詩社合作，並提供獎學金，吸引年輕世代加入，薪火相傳。

民間詩社除服務大眾外，更希望能與學界交流，並且注入新血，天籟吟社近年來的確讓社團學理化、社員年輕化。此中姚、楊二位理事長功不可沒，尤其在楊維仁理事長帶領下，針對天籟吟社保留的文獻作了具體的整理與保存，三年內出版數本書籍，介紹吟社的組織、人物與作品，並且舉辦研討會與創作比賽，多面向發展，力圖展現天籟吟社的活力與成果。而榮譽理事長姚啟甲從培養兒少建立詩學興趣，又給予碩、博學子獎助鼓勵，吸引對中華文化或古典詩詞有熱忱的青年加入，將天籟本有精神傳續，期能再造下一個百年榮景。

第二輯收錄的內容，包括「樸雅吟社」與「梅川傳統文化學會」。活躍於嘉義的樸雅吟社讓人看見傳統詩社重新復興的可能；而聞名臺中的梅川傳統文化學會，則是有組織的建立起特色與規模，打造詩詞創作及吟唱推廣的品牌。

位於嘉義朴子，以臺語漢詩為授課基礎的樸雅吟社，創立詩社已逾百年光景，首位社長由楊爾材先生擔任，當時主要以詩會友、擊鉢創作，在地方傳為美談。過程中與其他民間詩社在經營上遇到相同問題，核心社員開始招募新血、不再侷限於友朋唱和，開展詩文講學，使社團得以延續。一九八〇年代以後，因人才老化與外移，吟社名存實亡。二〇一〇年社中耆老黃輝煌與林劍泉透過梅嶺美術文教基金會的挹注，央請黃哲永先生開班授課，為啟動復社之重要契機。隔年黃氏任樸雅吟社指導老師，與其妻邱素綢女士合力復興樸雅。新社員有社會菁英為增能而來、有退休人士圓創作夢而來，又有以保留臺語文化保留為己任而來，經黃老師伉儷悉心教導與鼓勵，成員在創作與吟唱比賽屢屢大放異彩，讓樸雅吟社揚名島內。復社有成，十年耕耘的成績，可歸納為三面向：其一，培育各級教學師資，從校園導入臺語語言文化。重要社員如林錦花校長與李玉璽教授均在校園中推動各類臺語教學，向下扎根。其二，與其他地方詩社交流，建立聯盟、互通有無。其三，保留在地特色與文化。吟社帶動學員對故鄉的關心與認識，透過創作宣揚嘉義之美，亦蒐集整理鄉紳詩人作品，紀錄經典的區域文學。

位居中部，具有詩社性質的「梅川傳統文化學會」，舉辦「大漢清韻河洛漢語朗誦吟唱大賽」超過十七年，規模盛大，參賽者從幼兒至社會人士，多達十餘種組別。學會除建立吟唱品牌外，亦建置詩學理論，曾由創會理事長吳耀贇先生帶領社員，前往湖南中南大學「兩岸經典吟誦傳播與當代詩詞創作研究高峰會議」，發表論文並示範吟唱，可見學會的企圖心。梅川傳統文化學會組織相當龐大與團結，而且具有系統性。在舉辦三屆的「全國詩社聯吟大會」中，可以看見學會號召成員的力量。另外，文化傳承上亦多元發展，不僅培育師資從小扎根，在幼稚園、國小服務的教師群，可以讓幼童自小學習；國小、國中，甚至高中、大學端均有開班授課，薪傳絕藝，組織嚴密且精神可佩。又發行專屬會刊及出版專書、教材，讓學習成效事半功倍。

各詩社發展重心不同，因而撰寫文章陳述的內容不一。筆者忝為主編，並未刻意囿限主題，任其發揮。然從各社的文章內容，大致仍可觀察每家詩社的創立緣由、沿革組織、重要成員、變遷突破，屬於詩社體制上的發展脈絡；又可探查各詩社的教學內涵、歷來活動紀錄、刊物出版品介紹、重要活動紀實等，詳細載錄詩社發展的多元面向；亦透過不同幹部、社員的現身說法、個人參與心得等，瞭解實際的運作狀況。由中能看見臺灣民間組織對中華傳統詩學付出的努力。

本書能順利出版，首先感謝各詩社鼎力支持，惠賜寶貴文稿。其次，萬卷樓圖書公司張晏瑞副總經理從商討企劃、文章刊登到專輯集結成書，均費心參與協助。感謝當時聯繫的幾位詩社的負責人林正三、楊維仁、吳耀贇、林生源等理事長，以及黃哲永老師，有諸位前輩促成專輯，讓收稿順利；感謝居中協調的吳秀真、邱素綢、李玉璽老師，協助溝通傳達，減少資訊傳遞的障礙。感謝協助校對編輯的郭妍伶教授、林涵瑋小姐、高守鴻學棣，讓這套書更為完善。

本書保留大部分原作者在《國文天地》雜誌中所撰寫的內容，為求體例統一，對部分篇章稍作調整，亦修訂錯別字，難免仍有疏漏之處，尚祈專家學者不吝指正。

國立嘉義大學中國文學系副教授

林宏達 謹誌

二〇二三年十二月

目次

卷二　梅川傳統文化學會

卷一　樸雅吟社

樸雅吟社與挹注資源單位之因緣

陳浚沂
梅嶺美術文教基金會董事長
陳英毅
朴子高明寺董事長
盧春霖
朴子市公所前主任秘書

扶持「樸雅吟社」的心得（陳浚沂）

扶持「樸雅吟社」是梅嶺美術文教基金會，為延續朴子地區優良百年文化遺產，展現並傳承「樸雅吟社」輝煌成就所成立的社區學校研習班，每年於春季、秋季開課兩期「臺語漢學詩文班」，吸引不少漢學詩文同好參加，也均於每期結業舉行成果發表，獲致極大迴響。負責本項課程推手，首推指導老師黃哲永，他自小聰慧好學，喜愛文學，少年即師事樸雅吟社的宿儒黃傳心，隨後又師承黃秀峰、黃輝煌、林劍泉，歷經數位名師的薰陶，詩藝精進，成為臺灣詩壇的翹楚。在哲永老師的領導之下，社員們除了參加全臺各詩社的徵詩，獲得良好成績之外，並精選優秀作品輯錄成冊，辦理詩集發表會，以「文人調」吟唱展現詩歌極致之美。

黃哲永老師自年少熱衷社區文化保存與傳承，績效卓著，曾榮獲教育文化獎章、漢語方言研究著作獎，擔任文建會臺灣文學館「全臺詩」總校，是一位潛心臺語詩文的地方文史工作奉獻者。歷史悠久曾輝煌一時的「樸雅吟社」由於耆老們逐漸凋零而沉寂，當前社區的詩壇確實需要新血，寄望能培養「享受創作、熱愛鄉土」的新詩人加入，相信在梅嶺美術文教基金會的扶持之下，必能帶動寫作及吟唱漢詩風氣，也期待樸雅吟社新局面的開展。

古人說：「詩者，人之性情也，近取諸身而足矣。」即言：詩是抒發情感、認識鄉土、關愛周遭事物及認同文化生活等之意。我相當敬佩社員的創作及努力，無疑的將使朴津地區詩壇由於新秀的投入，更能展現豐富的未來。

樸雅吟社與朴子高明寺（陳英毅）

樸雅吟社與高明寺，相繼於一九二二年創立，是當年「朴子街」的兩大盛事。樸雅吟社由東石郡守森永信光敦請移居朴子之澎湖宿儒楊爾材創立，創社之三十八位社員，以詩會友，擊缽閒詠，相互砥礪，一時人才輩出、詩風鼎盛。

黃哲永老師授課實況

高明寺由陳添貴居士開基，結合十方信眾，以護持三寶、宣揚正信佛教、破除迷信為宗旨，弘法利生、度化眾生。依據文獻得知，當年的樸雅吟社社員，亦有多位為高明寺的信徒代表，可見樸雅吟社與高明寺一直都是地方有識之士，共同戮力維護的地方文化資產。

一九五三年冬，樸雅吟社為培訓後起之秀，於高明寺開辦「樸雅吟社詩文研究班」，聘請辜尚賢、黃輝煌等名師擔任教職，由一九五四年在高明寺拍攝的結業照片顯示，共有七十二人合影，聲勢浩大。可見當時的朴子，人文薈萃，經由樸雅吟社不遺餘力地發揚光大，傳統漢學詩文得以繼續傳承。

不意隨著歲月更迭，耆老次第凋零，傳統詩風也日漸式微。所幸樸雅吟社宿儒黃輝煌公子，時任梅嶺美術文教基金會的黃銀漢董事長，登高一呼，群起響應，樸雅吟社得以在二〇一一年復社，並推舉王朝榮前市長為復社社長，延聘曾連中三元的詩學大師黃哲永先生與夫人邱素綢女史，持續迄今仍然在高明寺廂房開班授課，此一朴子重要文化遺產，得以延續。

二〇二二年，高明寺將舉辦創寺百年慶，特委由樸雅吟社邀集鯤島宿儒以詩慶賀，並邀書法名家揮毫，擇日辦展並請詩人當場吟詩，以臻書詩意境之美，如此典雅殊勝盛會，實百年難得，歡迎大家共襄盛舉。

朴子市公所扶助樸雅吟社融入社會教育之因緣（盧春霖）

在嘉義縣西境沿海鄉鎮市中，朴子自昔即是政、經、文教中心，文風鼎盛，文人騷客匯集之地。地方上政、經、教聞人，甚至販夫走卒，大多熱衷詩詞創作與吟唱。文人雅士除了吟詩作對以外，也會自娛娛人，自創燈謎在元宵節時，貼示或張掛在自家門前讓鄉親猜解謎題，流露出以文會友書香氣息之城鎮。

樸雅吟社因漢文私塾教學漸趨沒落，成員日少，原社友又逐年凋零，盛況不再，沉寂多年，已然銷跡於臺灣詩壇。惟地方上緬懷詩境文風，時有復社之議，適梅嶺美術文教基金會黃銀漢董事長以推展社會教育為職志，已開辦多期樂齡社區大學之「漢學詩文班」，累積一、二十位學員。前樸雅吟社社員王朝榮（朴子鎮改制朴子市首屆市長）之子王如經於二〇一〇年三月一日上任朴子市長，時任朴子市公所觀光文化課長盧春霖居中推動樸雅吟社復社事宜，在天時地利人和下，獲各界共襄盛舉，由樸雅吟社創社社長楊爾材之孫楊兆麟（前臺塑公司總管理處總經理）捐助新臺幣十萬元，市長王如經同意每年預算編列復社推展經費十萬元，以梅嶺美術文教基金會附設社區大學之漢學詩文班學員為班底，在二〇一一年十二月八日假東石國中圖書館二樓舉行樸雅吟社復社成立大會，會中推舉王朝榮前朴子市長擔任社長、柯慶瑞任副社長、黃哲永老師肩負復社靈魂人物之教席大任。

一場振興復社之舉，為地方詩文復興注入新活力與希望，樸雅吟社在黃哲永老師與邱素綢師母辛勤耕耘下，梅嶺美術文教基金會附設社區學校之漢學詩文班，日漸茁壯，學員除來自在地人以外，更吸納遠從臺中、虎尾、臺南、大埤等各路菁英齊聚高明寺教室，其中有大學教授、國小校長、主任、幼兒園園長、醫師、公務員、退休教師等，培育之學員參加臺灣各地詩會比賽屢獲佳績，享譽詩壇。更有服務學校學員將漢詩創作與吟唱帶入學校教學，教授下一代學習漢詩文化，仿習吟唱之樂。

樸雅吟社復社先後出版兩本詩集，分別於二〇一三年十二月二十日出版之「樸雅吟社詩集新編」及二〇一九年十一月付梓之「樸雅吟社詩集（二）」。每年並舉辦成果發表會，如假梅嶺美術館舉辦之「樸雅吟社古今名家書畫聯展」、「樸雅吟社詩作書法展」，在朴子市公所

社員參賽得獎合影

多功能會議室舉辦之「樸雅吟社——朴子景點詩書法展暨創意美學協會花藝展」等。樸雅吟社復社後在梅嶺美術文教基金會、黃哲永老師賢伉儷及所有社友努力下，成績斐然，挑動了城鎮風雅頌再起的味蕾。

樸雅吟社自一九二二年創立至今已歷百年，百年來樸雅吟社由盛而衰，由衰再轉盛。有前賢戮力耕耘的餘蔭，以及後人不畏艱難傳承之功，朴子詩風復興值得慶賀與期待！

樸雅吟社的歷史與教學現況

黃哲永
樸雅吟社指導老師
邱素綢
樸雅吟社助教

樸雅吟社的歷史（黃哲永）

臺灣自漢人入墾以來，已歷三百餘年，先民披荊斬棘、開圳播穀以謀溫飽。農耕漁獵之暇，亦皆致力詩書，或求仕進以服務家邦，或純自娛以陶養性靈，因而能文之士輩出，其作品以古典詩為大宗，迄今仍有大量作品存世。

傳統文人一向喜愛結社聯吟，我臺一地自不例外，明末沈光文遇颶來臺，即曾邀集同道創組「東吟社」，用以揚風扢雅，兼收琢磨砥礪之功。康熙朝以降，除宦遊人士外，本地文人作品較少流傳，良以當年刻版印刷業尚未發達之故。清代道光、咸豐、同治、光緒年間，先賢作品已大量呈現，此由近年龍文出版社印行之《臺灣先賢詩文集彙刊》一至九集中，即可窺見一斑。

臺灣傳統文學發皇之年代，始自清末唐景崧巡撫喜設文酒吟會，常邀文人雅士飛觴擊缽，並留下《詩畸》一書，一時詩風大啟，延續至日人據臺，以迄於今。雖然古典詩已非當今文學主流，即今臺灣各地、各縣市均多有詩社、詩學協會之組織，並有多種詩刊發行。然而，不容諱言，傳統詩風已日漸式微，研習傳承、振衰起弊，尚待我輩題襟奮起。

嘉義沿海地區自古以來即稱「海濱鄒魯」之地，詩風鼎盛、人文薈萃，詩人雅士代代不絕，自日據以迄戰後，雖窮鄉僻壤亦多詩社之創，其在今新港鄉、義竹鄉、布袋鎮、東石鄉、朴子市等轄區內均有一社至數社，其中以朴子市的「樸雅吟社」社員最盛，影響後世最巨。

樸雅吟社成立於一九二二年。是年，適有日人森永信光任東石郡郡守，其人酷嗜漢學，倡設漢學專修，本地有識之士起而襄贊，敦請澎湖宿儒楊爾材於配天宮主持漢學講座，並於是年中秋佳節創立吟社、擔任社長，力邀本地黃啟棠、黃啟南、黃傳心、鄭慶朝等人同襄社務。

創社時之社員，據耆老指出計三十八員，皆為地方有識之士，茲錄其名單於下：楊大椿（壽徵）、楊生慈、黃媽典、辜尚賢（一漚）、莊明滔、黃清朝、鄭穟、蔡水岸、詹仁傑、黃啟南、黃祥、王金木、黃如臨、施金龍（雲從）、黃班爵、趙青木（凌霜）、黃啟棠、鄭慶朝（若超）、鄭長榮、楊標、楊成裕（嘯天）、林新蓋、黃水金（子琛）、李甲乙、林瑞西、沈萬來、蔡樸生、蔡啟耀（紹圃）、鄭甲、顏蚌、辜秋水、黃發祥、陳樹王、林春波、褚金益、翁文登、吳石祥。

迨至一九三二年春，楊爾材社長為加強社力，招募新血，假朴子街開元路連成漢藥行擴大講學，除楊社長主講之外，另聘新港林維朝秀才每周二天輔助教學，新社員有蔡錦棟（國樑）、蔡義方（策勳）、黃輝煌（星槎）、顏永成（竹溪）、張明月（如璧）、侯水木、陳騰燿、薛天不（咸中）、林碧龍（劍泉）、蔡啟東（嘯峰）、吳鼎、陳有義（鶩簧）、黃彬杉（籠山）、黃連成、蔡棟樑（菊園）、吳玉（蘊輝）、吳金筆等十七人，此輩勤學詩書，成就非凡，此後均能各領風騷，頗獲好評。

一九五二年創社社長楊爾材逝世，由蔡錦棟繼任社長，並於一九五三年冬召募百餘名青年男女，開設詩文研究班於高明寺，為期四個月，至一九五四年二月結束，培訓社員蔡坤元、林春丙（聰甫）、陳進步等新秀甚多。此外當年度亦有吳松山、王朝榮、李江山等求學於辜尚賢先生，學成後亦加盟吟社，此稱樸雅吟社第三代社員。

樸雅吟社創社之首任社長公推楊爾材夫子擔任，迄一九五二年逝世。第二任社長由社會賢達蔡錦棟接任至一九八三年逝世。第三任社長由當時之副社長黃輝煌繼任，直至一九九五年逝世。第四任社長公推元老社員張明月出任。

八十餘年來社員閒詠與擊缽之作，均散見於日據時代之詩報（今龍文出版社重刊），大東亞戰爭後之作品則分別登載於各詩刊，如《中華詩苑》、《中華藝苑》、《詩文之友》等，迄今未有全面性的收集整理。刊印成專著者計有一九五三年》出版楊爾材作品《近樗吟草》（今龍文出版社重刊）、黃傳心著《劍堂吟草》、《劍堂吟草續集》、《丹心集》（以上均由龍文出版社重刊）、辜一漚著《新百家姓與詩譯進德錄》（嘉義文獻委員會刊行）、蔡棟樑著《菊園吟草》等。此外尚有本地出身李漢偉教授專題研究《樸雅吟社研究》一書，唯其中引述詩作之校對稍有瑕疵，惜哉！

吟社成員上下合融、不分爾我，曾集腋成裘，共同捐建二座詩碣，一座於一九五一年之紀念樸雅吟社創立三十年詩碣，立於當時的東石中學（今東石國中）校園。另有一座於一九八二年紀念創社六十年之紀念碑，原立於金臻圖書館前，多年前移於嘉義縣立圖書館西側。

社長楊爾材撰文〈樸雅吟社於一九五一年創社三十週年社慶設置碑誌〉：

> 壬戌之春，火樹銀花，輝煌奪目。天之未喪斯文，人間尚有未燒之書。有日人森永信光來守是郡，其人賦性俊逸，酷嗜漢學，倡設漢學專修，挽回道德涵養醇風。當地有識志士起而贊襄，竟成其事，乃聘材主持漢學專修，教授青年。迨是年團圓佳節，材年方不惑，誨人不倦，崛起創立樸雅吟社，組織社員，教以詩學，使發心聲能知雅頌，奮起興觀群怨，深明四始六義蘊藉，揚風扢雅，繼斐亭之鐘聲，續東社之鉢韻，發揚民族精神。飄飏風騷吟幟，與我臺各地之李社杜壇聯絡聲氣，並駕齊驅，共扶大雅之輪，共引一髮千鈞之重，維持式微殘局，保留五千年來之國粹。欲達吾儕堅持之矢志。回顧此三十載之光陰，人情之冷暖，世態之炎涼，滄海之桑田，社員之進退，我吟社幾乎顛危而將瓦解。幸而魯殿靈光未晦，使諸同志與材共作中流砥柱，忍歷艱難，志堅不墜，延至今日，日月逝矣，歲不我與，材年已屆古稀，而我吟社創立於茲，年週三十，劫歷一世，爰撰文刻石，以為創立永久之紀念，俾後之人，知我吟社創立之所由來也夫。中華民國四十年辛卯中秋後一日建立。古諸羅王伯元書。

創社以來，入社者皆為地方卓異之士，自黃班爵、黃媽典、黃慎言、施金龍以迄侯水木、王朝榮等多人均曾擔任「地方行政首長」，另有詹榮寶曾任地政事務所主任、蔡坤元曾任配天宮董事長等要職，不僅個人榮譽有加，甚至遺澤蔭及子孫者亦比比皆是，指不勝屈。

樸雅吟社自一九二二年成立之後，迄今有三次培育新血，分別為一九三二年、一九五三年及二〇一〇年。至一九八一年代，剩餘耆老黃輝煌、林劍泉、張明月、蔡菊園、陳有義、詹昭華、蔡坤元、王朝榮及敝夫婦，均加入一九八五年新成立的「嘉義縣詩學研究會」，此後，樸雅吟社已無運作，名存實亡，走入歷史了。

筆者自一九六八年起，幸獲前輩詩家黃傳心啟蒙之後，即開始鑽研與創作古典詩。更長期受教於林劍泉、黃輝煌兩耆宿。二〇一〇年，在碩果凋零之際，忝接梅嶺美術文教基金會之聘，開設「詩文研習班」，培育古典詩寫作與吟唱的新秀。更於二〇一一年以研習班學員為社員，宣佈「樸雅吟社」復社矣。

現今樸雅吟社的成員，來自各地，每周四夜晚齊聚高明寺教室，共同研習詩學，由不明平仄、不懂押韻、不諳格律，現今已會作詩、吟詩矣。相信有這些社員，樸雅吟社必能繼續發揚先賢之光輝，筆者也能無愧於先師之冀望了，而且也能夠一直出版延續下去，因為江山代有賢人出，永遠不會畫上休止符。

樸雅吟社教學現況（邱素綢）

現代流行「斜槓」，追求「斜槓人生」。「斜槓」就是橫向多元發展，也就是根據自身優勢與愛好發展多種領域。《紐約時報》專欄作家麥瑞克．阿爾伯說：「越來越多年輕人不再滿足於專一職業的生活方式，選擇以擁有多重職業和身分的多元生活。」相較於傳統的穩定思維，斜槓生活看似不穩定又多變化，得不斷地學習新東西、不斷地調整自己。

為什麼要追求斜槓人生？當然是時代趨勢變遷之下不得不斜槓，另外就是「豐富多元」，想要有更豐富多元的人生。

「斜槓」以前我們稱之為「全方位」，樸雅吟社追求的就是「全方位」的學問。早期朴子宿儒黃傳心舉凡漢文、詩學、戲劇、堪輿等，無一不精。許多外地人也會聘請他前往看風水。可是外鄉人不知道黃傳心的長相，不少騙子在外用他的名字招搖撞騙。有一日黃傳心受聘到外地，僱主說：「我不能確定你是不是真的傳心先，聽說傳心先文采很好，若你能用我的名字做一副冠首對聯，我才相信你是真的。」黃傳心應允，想不到對方叫做『張賊』，賊是不好的字眼，難以對成好聯。只見黃傳心隨口吟出：「張弓射虎英雄志，賊手偷桃孝子心」，張賊只能拜服，確信聘請到真正的傳心先！

樸雅吟社現今的指導老師黃哲永，讀東石高中時，即事師傳心先，學習寫古典詩。壯年期又師承黃秀峰、黃輝煌、林劍泉，歷經三位名師的薰陶，故能在臺灣詩壇展露頭角，擔任中華民國傳統詩學會副理事長，以及二十年來擔任臺灣文學館整理的全臺詩總校。哲永老師飽學期以致用，幸運受聘梅嶺美術文教基金會所成立的社區學校主持「臺語漢學詩文班」，培育詩學人才，並於二〇一一年協助朴子市公所、梅嶺美術文教基金會，將朴子的文化資產「樸雅吟社」成功復社。

哲永老師也是個「全方位」老師，舉凡作詩、吟詩、漢文、閩南語文、臺羅拼音、十五音拼音、反切法、各類民間文學、導覽解說等，也都是各種領域的專家。例如：二〇〇一年蒜頭糖廠受納莉颱風的侵襲，工廠浸水損壞了製糖機器，黃哲永奉命培訓小火車的導覽解說員，讓蒜頭糖廠順利轉型為文化觀光事業，營運至今，對面的故宮南院竣工開幕後，更是相輔相成，躍升為全臺性的觀光亮點。

另外曾於二〇一二年七月二十二日受聘至南港文官學院演講。二〇一四年至高雄市「正修科技大學」，為解說導覽人員協會傳授「導覽解說要訣」。此外二十幾年來受聘多個縣市評審閩南語演講、朗讀，或教作詩、吟詩。

因為有這樣的斜槓老師，所以樸雅吟社跟別的詩社不一樣，有些詩社只教寫詩，有些詩社只會吟詩。樸雅吟社的學員除了寫詩、吟詩，還要學臺羅拼音、十五音，更鼓勵社員再進修碩、博士學位，參加閩南語認證，連各類民間文學都須要了解，以求得全方位的學問。從來沒有詩社的教材有如此多元化。

樸雅吟社不是只要壯大而已，希望它會是未來各地開班培育人才的種籽的母胎。種籽在此母胎中吸取足夠的養份，以後各地詩社凋零，這些種子教師祈能在各處開班傳授這些全方位的學問，如此生生不息。

哲永老師除了傳授這些學識，更要求社員的人品，而且以身作則。臺灣詩壇一直有化名、代寫、包庇的歪風，黃老師長年以來保持清廉，也禁止社員有此惡習，期許能改善詩壇風氣。曾有學員貪小便宜，代為不會詩文的家人多量寫詩投稿，屢勸不聽，只好逐出師門。

樸雅吟社現在的學員素質越來越好，也互相鼓勵，努力精進，上課的氛圍越來越融洽。全體社員由衷地感謝梅嶺美術文教基金會的扶助，樸雅吟社才能有今日的成就。

從此文風期復振，揮毫落紙起雲煙

——樸雅吟社對傳統臺語漢文的耕耘

李玉璽

國立虎尾科技大學通識教育中心教授

過去傳統詩社課題詩被批評較無新意，因此近年各詩社紛紛配合時事加以改進，如三倍券、COVID-19、中美貿易戰等時事題也被當作詩題，樸雅吟社除了針對時事，如賴和春聯冉由事件、新冠肺炎等寫作課題詩以外，也鼓勵社員發表閒詠，拓展詩路，並參加全臺性的傳統詩文學獎，增加磨練機會。如社友林錦花女史，於國小擔任校長，耕耘臺語本土教育多年，承辦培訓嘉義縣國中小學教師以傳統詩形式歌詠嘉義風物，編輯成冊，發行之際，便發表以下閒詠詩：

詩題：詩情畫義主題詩

《中華詩壇》雙月刊第一一三期刊

一鄉一鎮探源流，細數農漁百樣優。
博覽典墳知歷史，遍看隴畝識先疇。
米香果碩歡顏綻，花美魚肥富庶留。
沃土勤耕嘉義好，居安蹈厲創新猷。（林錦花）

而社友李玉璽，二〇二〇年參加陽明山國家公園、中國文化大學，聯合主辦的「二〇二〇陽明山國際文創設計競賽」活動設有人文藝術組——古典詩，初賽七律一首，複賽現場命題，適逢陽明山國家公園經認證為世界第一座都會寧靜公園，因此複賽以此為題，七絕限十二文韻，榮獲社會組第一名。

詩題：都會寧靜公園陽明山

草山庚子有新聞，寧靜公園獲獎云，
紓壓安神仁者樂，近畿福地眾同欣。（李玉璽）

除縣市政府的文學獎以外，樸雅吟社社友也樂於參加每年固定舉辦的民間詩獎，南臺灣文教界及金融界聞人王天賞先生（1903-1994），字獎卿，是傳統詩詩人，創設壽峰詩社以及永達技術學院，因此後代成立王獎卿詩學獎以紀念之，到二〇一八年為止，共計舉辦六屆，因財源不濟而告終，甚為可惜。獎卿詩學獎為了打破大學中文系學院派與民間傳統詩學界鮮少往來的隔閡，每屆必聘請中文系教授與民間詞宗合作擔任評審，且禮讓給中文系教授佔多數，以期擴大彼此交流。而北臺灣的天籟吟社，則在前理事長姚啟甲先生的贊助之下，自二〇一八年起，舉辦獎勵創作古典詩的天籟詩獎，在評審方面，也是採取融合中文系學術界與民間傳統詩界的作法，增加雙方彼此認識與交流的契機，共同為臺灣漢詩詩壇貢獻心力，樸雅吟社社員，也紛紛參加該等民間主辦的傳統詩文學獎，共襄盛舉，茲錄部份得獎作品如下：

第四屆王獎卿詩學獎（2016年）

黃哲永〈七夕拜床母〉，佳作

麻油酒飯薦中陳，七夕誠祈守護神。
床母深知慈母意，協扶幼子至成人。

邱素綢〈宜蘭傳藝中心懷舊〉，佳作

疑入時空隧，長街喜溯源。
紅磚窯屋內，傳藝永留存。

第五屆王獎卿詩學獎（2017年）

邱素綢〈遊外傘頂洲感懷〉，佳作

似傘沙洲白浪翻，漂移國土漸鯨吞。
漁家生計休愁苦，業轉觀光又一番。

第六屆王獎卿詩學獎（2018年）

黃哲永〈詠宜蘭郭雨新〉，佳作

蘭陽郭雨新，問政費精神。
鋼砲真無忝，箴官醒我民。

李玉璽〈臺南划龍舟〉，入選

競技扒龍船，祭江請水仙。舟行唯欲速，槳動各爭先。
觀渡歡今夕，聽潮憶昔年。南瀛殊勝事，風月入詩篇。

第三屆天籟詩獎（2020年）

李玉璽〈廖振富選注《林幼春集》讀後〉，社會組首獎

櫟社鍾靈秀，資修獨佔先。衰軀藏彩筆，傲骨鬥強權。
懷古春秋句，傷時月旦篇。景薰樓尚在，何處覓詩仙。

邱素綢〈讀蔡素芬《鹽田兒女》感詠〉，社會組佳作

艷陽炙烤苦難禁，重擔肩挑引眾欽。
汗滴鹽田憐瘦骨，耙推鹵水濕清襟。
吃人禮教盤根固，贅婿兇殘賭興沉。
感佩女身多韌性，晚晴靜好喜來臨。

另外，目前地方的詩類文學獎，雖然以新詩為最大宗，但是仍有蘭陽文學獎、玉山文學獎、臺北文學獎、臺南文學獎、彰化磺溪文學獎、臺中文學獎等，排除萬難設立有古典詩的獎項，目前此類傳統詩文學獎評審仍以中文系出身者為最大宗，罕見民間傳統詩社出身的評審，各縣市地方文學獎或許可以考慮擴大民間詩社人士參與評審比例，求同存異，溝通彼此觀點。此類文學獎，樸雅吟社也鼓勵社員多多參與，獲得不錯成績。

臺大臺文所黃美娥教授在《臺灣史研究》第二十二卷四期裡面曾經為文提到，臺語裡面的漢文，並不等於國語、國文，兩者在文字上雖然有同文性，但是在聲音上截然不同。漢字書寫時即便同文，但是卻未必會同音，正如香港人吟詩、唱歌、演粵劇，都是使用廣東話，而非用普通話，因此以往戰前臺灣傳統詩社的老師，都是用臺語漢文在教詩，並發為吟唱，跟目前大學中文系依然獨尊所謂國語，用國語在教傳統詩截然不同。按「國家語言發展法」公佈後，臺語亦為臺灣語言的一種，過份偏重單一語言，顯所非宜。「國家語言發展法」第九條第二項規定：「中央教育主管機關應於國民基本教育各階段，將國家語言列為部定課程。學校教育得使用各國家語言為之」，二〇二二年八月一日起生效，自此從國小到高中的正式課程當中，都有列為教育部部定課程的臺語教學課程，在體制內教育中，臺語教學正逐步充實中。臺語吟唱漢詩的文人調，依字行腔，是朗讀的美化，不會有變調錯誤導致走音的狀況，可以作為國小到高中等正式教育體制內的臺語教學教材，因此臺語漢詩文人調也漸漸受到各方的重視，近年舉辦的臺語漢詩吟唱活動日漸興盛。

近年各界舉辦的臺語漢詩吟唱活動，最早應該是二〇一六年在臺南，由臺南文創園區等單位辦理的「第一屆王者之香古典詩臺語吟唱比賽」，分一般組及學生組，以「蘭花」為主題，朗誦之作品限古典詩詞，亦可自行創作。然於二〇一七年辦理第二屆以後就告中止。二〇一七年在高雄，有高雄市政府主辦的「鮮聲奪人歌仔吟唱競賽」，以臺語歌仔戲調吟唱漢文詩詞，目前仍持續舉辦中，然歌仔戲吟唱乃是歌曲，會隨曲調而改變，與普通說話不同，無法忠實呈現臺語七聲八調的變化，是其缺點。

二〇一八年在新北市，由灘音吟社舉辦「第一屆全臺漢語古典詩詞吟唱比賽大會」，以臺語漢文現場吟詠先賢漢詩或自作詩，目前仍持續舉辦中。二〇一九年在嘉義，由活泉尋鷗社辦理的「第一屆尋鷗吟詩獎」，以鷗社先賢傳統詩以及自行創作七絕為內容，用臺語加以吟唱，分成新創組跟文人調組，初賽以上傳 YouTube 影音呈現，複賽採現場評審，目前仍持續舉辦中。二〇一九年在臺北，由瀛社辦理「雪漁盃先賢詩選吟唱自拍比賽」，以臺語漢文吟詠瀛社先賢漢詩，採上傳 YouTube 影音呈現評分，目前仍持續舉辦中。

二〇二一年，除上開吟唱比賽以外，尚增加兩個新的吟唱比賽，一是由天仁茶藝文化基金會舉辦的「第一屆天仁盃茶韻詩情古典詩暨現代詩詠唱甄選」、二是由義美文教基金會主辦「第一屆蔣渭水臺語漢詩吟唱賽」，讓臺語漢詩吟唱比賽的風氣，日益蓬勃發展。其中蔣渭水臺語漢詩吟唱賽，活動目的特別強調是為了強化臺語傳承、提升文學修養、推廣吟唱藝術，增進臺灣使用本土語言風氣，以彰顯臺語價值。蔣渭水臺語漢詩吟唱賽，為了讓臺語漢詩吟唱能夠配合臺語的母語教育向下扎根，目前以國高中國文課本常見詩詞為範圍，聘請臺語漢詩吟唱名家用 YouTube 影片示範，限定高中生參加，第一名獎金是破天荒的臺幣二十萬元，希望提高下一代對臺語文言音的重視，可謂用心良苦。

樸雅吟社在黃哲永老師指導之下，也對推廣臺語漢文文人調吟唱投注心力，在向下扎根部份，樸雅吟社社友多人，於二〇一七年協助臺中龍山國小張素蓉校長的推動本土教育計畫，創作與臺中風物有關的七言絕句，並由黃哲永老師標注教育部臺語羅馬拼音，聘請名家作吟唱示範，集成《詩說臺中：閩南語傳統詩創作研習成果專輯》一書，作為臺中地區推動國中小臺語漢文文人調吟唱的參考教材。仿照此一模式，樸雅吟社社友多人，協助嘉義阿里山十字國小林錦花校長（亦為本社社友）的本土教育整體推動方案，於二〇一九年以及二〇二〇年，以嘉義縣各地區的風物為內容，集成《詩情話義：閩南語古典詩創作營作品專輯（一）（二）》兩本書，作為嘉義地區推動國中小臺語漢文文人調吟唱的參考教材。

而對於臺語漢詩吟唱比賽的部分，樸雅吟社社友平時勤於練習，在黃哲永老師指導之下，參加灘音吟社、瀛社、活泉尋鷗社的臺語漢詩吟唱比賽也迭獲佳績。如林錦花社友獲得瀛社第二屆雪漁盃特優（第一名）、灘音吟社第二屆漢詩吟唱比賽優選（前十名）。李玉璽社友獲得瀛社第二屆雪漁盃特優（第一名）、嘉義第一屆尋鷗吟詩獎古典詩文人調組榜眼（第二名）。謝靜怡社友獲得嘉義第二屆尋鷗吟詩獎古典詩文人調組榜眼（第二名）。徐大年社友獲得瀛社第一屆以及第三屆雪漁盃優選（第二名）等等，社員們透過這些臺語漢詩吟唱比賽，更能體會臺語七聲八調的聲調變化以及平聲曼引仄聲短促，依字行腔的奧妙，也燃起想要繼續精進，將臺語漢詩文人調的傳統繼續傳承下去的想法，因此學員多人都已經通過教育部的臺語中高級認證，具備中小學臺語教師資格，也有不少取得由教育部國民及學前教育署頒發的高中臺語教師培訓認證通過者，甚至因而前往附近大學的中文或臺灣文學語言相關研究所在職進修，關心本土，不斷深化學習，受益實多。

樸雅吟社自二〇一一年復社到二〇二一年，恰滿十年，十年樹木，百年樹人，復社當時的社員，有的因故離開，有的繼續留下來研習，每年開班，也都陸陸續續有新血加入，大概社員人數都維持在二、三十人左右，算是一個人數不算龐大的中堅型臺語漢文傳統詩社。就學員的職業分佈上來講，有很多是教育界的人士，有感於臺語本土教育的重要，因此前來進行體制外終身學習，從幼稚園、小學、中學到大學的教職員都有，也有上班族、自營業、醫師前來參加，大家其樂融融。年齡層上以青壯年居多，也有銀髮族乃至高中甫畢業的學生前來參加，學歷上有博碩士學位的不乏其人，相當多元，在民間傳統詩社普遍存有參加者年齡層偏高隱憂的現在，更屬難能可貴。而在距離上，除了朴子本地人以外，有的遠自臺中、彰化、雲林、臺南開車前來，因為沒有大眾交通工具，往往單趟開車車程就要花一個小時以上，每週晚上一次，每次兩小時，相聚於朴子高明寺的廂房裡，認真聽著黃哲永老師用臺語傳授傳統詩學知識、臺灣童謠、臺灣俚語等等本土文化的知識，回家後再認真創作臺語漢文詩，寄信請邱素綢師母、黃哲永老師指正，並參加各地詩會以及吟唱活動，協辦嘉義縣市的地方文化活動、小學臺語漢詩吟唱學習活動、雲林的大學教師成長社群活動、雲林大埤三秀園的文藝活動，逐漸擴大參與範圍，近年因為 COVID-19 的影響，很多社區大學都無法繼續上課，但樸雅吟社仍克服困難，疫情尚未緩和期間，嘗試使用各種視訊軟體來進行線上教學，與時俱進。

當年樸雅吟社的創社社長楊爾材曾以古體詩，紀念臺灣文社創立三周年（該社於1919年由林子瑾等人創立於臺中），他感嘆「嗚呼漢學之命脈，紅羊劫後衰頹極」，臺語漢文的學習者在日據時代仍不乏其人，到戰後反而更加衰頹，何止臺語漢文，在聯合國瀕危語言等級中，臺語本身都列入有重大危險，會消失的第三級，恐怕是他始料未及的，但當時他也說「縱無大雅起扶輪，胡得斯文存一息」，仍然寄望能夠不絕如縷的延續臺語漢文傳統，如今「國家語言發展法」通過，開始重視語言的轉型正義，為臺語漢文的將來，又注入一劑強心劑，希望各地愛好文藝以及關心臺灣本土文化發展的人士，不拘遠近，共同來參與，不但坐而言，尚能起而行，讓臺灣成為有充實光輝文化的地方。

詩酒朋輩訂交遊，白戰吟壇夜不休

——傳統臺語漢文詩社樸雅吟社復社緣由

李玉璽

國立虎尾科技大學通識教育中心教授

樸雅吟社，是位在嘉義朴子的臺語漢文擊缽詩社，一九二二年創立，當時日籍東石郡守森永信光為鼓吹詩教，特邀請地方上有志之士黃啟棠、黃啟南、黃傳心、鄭慶朝等人創立詩社，並定名樸雅吟社，由楊爾材（1882-1953）擔任社長。本文標題，出自楊爾材〈題顏雲年君環鏡樓唱和集〉一詩，收錄於楊爾材的詩集《近樗吟草》之中。

顏雲年是基隆顏家成員，日治時代，顏雲年從政府手中取得煤礦以及金礦的採礦權，勢力漸大，基隆顏家在他手中成為臺灣五大家族之一。當年臺灣南北二路，熱衷以臺語漢文寫詩吟詩等風雅之事的富商仕紳團體陣容甚壯，顏雲年也是其中之一，顏雲年愛好吟詩，他曾任瀛桃竹聯吟會會長，也多次捐獻銀錢支持詩社。一九一四年在顏家新落成的環鏡樓（現已不存）舉行臺北瀛社詩盟，亦即全臺詩人大會。樸雅吟社已故社長楊爾材此詩，即為紀念此事而作。

戰後政府撤退來臺，大力推行國語運動，一九四六年成立臺灣省國語推行委員會時，成員有魏建功、何容等人。主張要把五四以後的言文一致運動理想，在臺灣落實，希望在國語尚未普及前，暫時以臺語漢文讀音（又名孔子白、文讀音、讀冊音）為過渡性媒介，讓臺灣人民熟悉國語國音。尚未影響臺語漢文生存，之後由於政府大力推行獨尊國語運動，強化國文學習時數，卻禁止在學校說臺語，更遑論學習臺語漢文，因此能以臺語漢文創作漢詩的詩人、詩社，逐漸萎縮凋零，樸雅吟社也因老成凋零，不得不在那段時期暫時銷聲息影。

李登輝總統上任後，了解到此一不重視本土的偏失，將臺語列為鄉土教育之一環，進入教育體制內，二〇〇〇年，為配合九年一貫教育課程內容，教育部鼓勵增設臺文系，因此成立了第一個國立大學臺文系所。二〇〇七年行政院文建會公布國家語言發展法草案，草案明定，「國家語言」定義為「本國族群或地方使用之自然語言」，國民有權使用各種語言，禁止歧視。不管是所謂的國語（北京話）、臺語、客家話、原住民語言等都包括在內（此一草案，最後在2018年12月經立法院三讀通過，於2019年經總統公布實施）。二〇一〇年，政府舉辦第一次臺語語言能力測驗，目前由教育部主辦，稱為閩南語語言能力認證考試，分級考試，中高級以上者可擔任學校臺語師資，臺語逐漸受到應有的重視，在這樣的氣運下，樸雅吟社於二〇一一年復社。指導老師為精研臺語數十年，屢獲教育部、內政部褒獎以及媒體採訪的臺語專家黃哲永老師，並由邱素綢師母從旁襄助，邱素綢師母為臺灣臺語漢文傳統詩壇少見的女性詩人之一，兩人參與傳統詩壇多年，累積有深厚功力，因此不辭辛勞，糾集志同道合之人，擔負起樸雅吟社復社的使命。

二〇一一年復社時起，樸雅吟社即受到朴子當地仕紳的大力支持，除在梅嶺美術文教基金會支持下開辦社區大學臺語漢詩文推廣課程外，也由前朴子市長王朝榮擔任復社第一任社長（王社長後於2016年以八十三歲高齡病逝）。梅嶺社區大學（今名為梅嶺社區學校）開辦臺語漢學詩文班，請黃哲永老師擔任教席迄今，復社當時，曾有詩為賀，摘錄數首如下：

「樸雅吟社復社誌盛」，《中華詩壇》雙月刊第六十二期刊（七言絕句，不限韻，2011年）

省識詩承樸雅賢，誓將興復負仔肩。
力培新秀彰吟幟，喜見斯文一脈延。（黃哲永）

立雪虞溪記昔年，今展新幟集時賢。
起衰不負恩師志，社運長青韻事延。（邱素綢）

虞溪盛會幟重揚，喚醒詩魂紹漢唐。
文化傳承深意義，吟聲激盪運文章。（董美玉）

樸雅文風歷史長，吟聲再起蔚書香。
撰詩作對齊為樂，筆硯相親紹漢唐。（林文智）

樸津喜見幟重張，喚醒浮沉白髮郎。
培養根基多少壯，吟聲祝我老而康。（馮茂松）

樸雅重聞翰墨香，吟聲激盪震遐方。
前賢後進多才俊，文化傳承國運昌。（王金蓮）

朴子溪昔稱牛稠溪，亦稱牛朝溪或牛跳溪，近人稱樸仔腳溪，雅稱為虞溪。前社長楊爾材有詩讚曰：「溪稱朴子古虞溪，水自新高匯海西。興廢堪嗟東石港，一灣漠漠盡沙泥。」復社當時，社員約十數人，有白髮蒼蒼的社區長輩、剛退休不久的上班族，也有在學校教書擔任教職的老師、一般的自營業人員等，士農工商，來源相當多元化，希望能夠向下紮根，吟幟重張，讓臺語漢詩文的命脈得以傳承。

復社後，平時大概配合社區大學行事曆，每周晚上上課一次，每次兩小時，由黃哲永老師講解漢詩平仄格律、詩鐘作法、臺語漢詩文人調吟唱方法等，因為臺灣傳統詩壇恪遵東亞漢詩傳統，以平水韻作為書寫傳統詩時分辨平仄、犯韻等的格律標準，所以課程中也介紹《增廣詩韻集成》、《增廣詩韻全璧》等按照平水韻的韻部所編輯的傳統詩學工具書使用方法。

平水韻，是宋代以後使用的傳統詩詩韻系統，將格律詩用字分為一〇六韻，因此日本漢詩學界將之稱為百六韻（ひゃくろくいん）。除此外，漢詩通常能用當地語言吟唱，因此日本發展出詩吟（しぎん）的傳統，有岳風流、貴山流、瑞鳳流、神風流等諸多流派，臺語吟唱漢詩亦復如此。由於臺語與北京話不同，臺語文白異讀的特性非常顯著，不會臺語文言文（漢文）讀音者，吟詩必定錯誤百出，體制內教育體系目前還很少注重這方面的課程，中文系乃至臺文系中，幾乎沒有開設臺語吟詩的正式課程，禮失求諸野，目前多半只能由民間傳承，因此黃哲永老師會指導使用《中華大字典》以及甘為霖的《廈門音新字典》、沈富進的《匯音寶鑑》、李木杞的《國臺音通用字典》等等臺語相關工具書，以及臺語十五音、教育部臺語羅馬拼音等臺語拼音方法，再進行臺語漢詩吟唱教學，讓學員透過漢詩的吟唱學習，也能了解臺語漢文的拼音方法以及讀法，讓樸雅吟社的學員學習到在體制內教育難以學到的豐富臺語知識，受益良多。學員孜孜不倦勤學，參加各地徵詩比賽屢有佳績，作品也常登《中華詩壇》雙月刊上。

《中華詩壇》雙月刊，乃是目前臺灣發行量最大的傳統詩詩刊，二〇一一年已經發行到了一百多期。《中華詩壇》雙月刊由中華民國傳統詩學會發行，而中華民國傳統詩學會乃是臺灣各地以臺語、客語傳授詩學的傳統詩社所聯合組成之全國性團體，該會設有臉書粉絲頁

「中華民國傳統詩學會」提供國內外徵詩情報、詩界訊息，以供傳統詩學界互通有無。

《中華詩壇》雙月刊除定期會員徵詩以外，設有鯤島吟聲專欄，專門刊登全國各傳統詩社的課題詩、詩鐘等作品。樸雅吟社黃哲永老師參與民間詩壇活動多年，並擔任中華民國傳統詩學會副理事長，因此樸雅吟社也常提供社員作品於《中華詩壇》雙月刊發表，共襄盛舉，與全國各地臺語漢文傳統詩的愛好者互相交流。

二次大戰結束後，許多外省移民隨國民政府由中國播遷到臺灣，儘管五四以來的白話文運動方興未艾，但其中多有生於清末，尚有舊學根柢擅於詩詞的人，被迫從軍或因故應聘來臺，不只渡江，甚而被迫跨海，遭逢前所未有的河山變色之戚，因此屢屢發為新亭之詠。這些渡江名士大都不會臺灣話，因此以臺北為中心，互相悲歌唱酬。部分外省文人進入大專院校的中文系，開設以北京話討論詩詞的課程，帶領學生進行詩詞創作，而與臺灣民間以臺語討論漢詩的傳統詩社分庭抗禮。臺灣的大學學生古典詩社團，多數以中文系老師對詩詞有興趣者為核心，帶領學生投入創作，優點是體裁多元，旁及宋詞元曲以及古體詩創作，學生多為中文系學生，動機較強，學院色彩較為濃厚。缺點是研究臺語等本土語言的師資缺乏，在地連結性不強，活動範圍多侷限於各大學中文系之間，活動期間多侷限於畢業之前，甚至只維持到課程結束之前，欲振乏力，以至於到了二〇二一年，臺灣各大學傳統詩社活動能量大減。

而民間傳統詩社方面，學員來源多元，職業遍及士農工商，並非以中文系為主，但面臨學員人口急速老化的問題，且因為以往政府獨尊國語的語言政策的緣故，年輕學員多不諳臺語漢文，對於平仄對仗等格律要求漸失檢點，興趣不大，而成員雖然較大學以中文系為主的大學詩社社團多元，但是在傳統詩學知識的積累上面較為緩慢，而且長期以來未受到政府重視以及欠缺跟中文系、臺文系的交流合作，相當弱勢。然相較於臺灣各大學詩社社團，民間臺語漢文傳統詩社仍然藉由各地詩會擊缽，維繫創作能量以及彼此交流，透過定期的課題詩以及不定期的徵詩活動，培養對傳統詩的興趣以及鍛鍊寫作、吟唱技巧，整體參與人數較大學詩社為多。

樸雅吟社身為臺語漢文傳統詩社之一，二〇一一年復社以來，也是藉由定期課題詩寫作、詩會擊缽以及各地慶祝徵詩活動，鍛鍊寫作技巧，培養以臺語吟唱漢詩的興趣，並與在地的生活產生連結與互動。比如一九九二年，樸雅吟社所在地的朴子配天宮媽祖廟，慶祝建宮三百十週年紀念時，曾舉辦聯吟大會，當時樸雅吟社尚未復社，嘉義地方傳統詩人如王朝榮、黃星槎、林劍泉、黃秀峰、柯慶瑞、涂英武、蔡策勳、蔡中村等人，以及張國裕、林鳳珠、劉福麟、鄞強等南北各地傳統詩人，紛紛以媽祖頌為題，創作七言律詩共襄盛舉，而在二〇一一年樸雅吟社復社後，也配合地方廟宇慶典或重修工程，有新撰對聯的需要時，由樸雅吟社社員多人創作對聯。如位於南投縣竹山鎮，臺灣齋教先天派所創立的竹山文武聖廟克明宮，為辦理歲次丁酉（2017年）關聖帝君聖誕慶祝大典，便辦理全國徵聯活動，茲錄樸雅吟社社友所撰對聯數首如下：

南投竹山文武聖廟克明宮徵聯（2017年7月）
克明　冠首（7字8字或11字）

克復文風，儒釋道分庭訓教。
明宣武德，友親師共院承傳。（林世崇）

克敵伏邪，武聖承天光日月。
明宮闡道，文昌濟世靖乾坤。（蔡忠憲）

武聖　冠首（7字8字或11字）
武德宏深，光敷海宇。
聖門博大，法化龍天。（李玉璽）

武靈赫濯，長欽三國先鋒將。
聖殿堂皇，高峙前山第一城。（黃哲永）

韻學欣勝昔，風雅遍東寧
——樸雅吟社對臺語漢文傳統的復振

李玉璽
國立虎尾科技大學通識教育中心教授

樸雅吟社自二〇一一年復社以來，即努力振興臺語漢文傳統。傳統文人經常在婚喪慶弔等場合中，以詩詞作為表現，遠如唐朝李白有〈送賀監歸四明應制〉詩、許渾有〈懿安皇太后挽歌辭〉、沈佺期有〈仙萼亭初成侍宴應制〉等應制詩，近如戰後獲有所謂桂冠詩人榮銜的中國國民黨大老梁寒操，也寫有〈紀念建黨八十周年成七絕百首〉，成功大學校長倪超也在成大校刊一九七二年刊有〈祝壽頌辭〉，用以紀念蔣中正總統八秩晉六華誕，讓詩詞文學作品與生活應酬相結合，傳統詩社的詩作，相當注重這方面的功能。目前恭賀蔣公華誕一類威權時期的頌聖之作，已經隨著民主改革開放煙消雲散，因此此類應酬詩作，在慶祝方面，除個人賀壽悼亡外，以慶祝地方盛事或宮廟落成、改建、神明聖誕為主。

樸雅吟社自二〇一一年復社以來，受到財團法人梅嶺文教基金會的支持，該基金會乃是為了紀念獻身美術教育多年的吳梅嶺先生，吳梅嶺，名添敏，一八九七年生，於二〇〇四年過世，享壽一〇七歲。一個世紀以來，造福地方，桃李滿天下，因此地方有志創設該基金會以延續吳梅嶺先生造福桑梓的初衷。該基金會乃一熱心公益的民間團體，號召地方仕紳、民意代表等等擔任公益董監事，支持嘉義地方藝文活動，諸如繪畫、攝影乃至傳統詩創作吟唱，還開設梅嶺美術文教基金會社區大學（後因為未加入社區大學系統，為免誤解，故更名為社區學校），每年兩期，至二〇二一年已開辦二十多期，每期都招收兩百多位民眾參加。除了一般社區大學較為常見的日語、唱歌、音樂才藝等班級以外，還特別支持樸雅吟社以梅嶺文教社區學校臺語漢學詩文班的名義，從事臺語漢文教學，每年春秋兩期，詳情可參看樸雅吟社臉書粉絲專頁。

為了感謝梅嶺文教基金會以及梅嶺文教社區大學的支持，樸雅吟社便以課題詩的方式，秀才人情紙一張，表達誠摯的祝賀之意，該內容均刊登於《中華詩壇》雙月刊，摘錄數首如下：

恭賀黃銀漢先生連任梅嶺文教基金會董事長

《中華詩壇》雙月刊第七十期刊

黃公才德仰清徽，祭酒蟬聯眾望歸。
樸雅果然欣復社，子承父志願無違。（黃哲永）

黃公好義總當先，梅嶺精神誓廣傳。
文教推行心血注，才孚眾望喜蟬聯。（林文智）

漢老雄才耀樸津，推行文教力傳薪。
弘揚國粹光梅嶺，詩賀賢人氣象新。（王金蓮）

恭賀吳仁健先生榮膺梅嶺文教社區大學校長

《中華詩壇》雙月刊第七十期刊

治學英明志不凡，領航社大喜揚帆。
欣看絳帳弦歌續，健老歡顏百慮芟。（黃哲永）

仁公振鐸德無疆，滿腹才華教澤揚。
眾望所歸膺校長，身肩使命永留芳。（王金蓮）

英才造就不辭勞，執掌仁公品德高。
梅嶺多元興社大，蒸蒸校運振風騷。（邱素綢）

恭賀陳浚沂先生榮膺梅嶺文教基金會董事長

《中華詩壇》雙月刊第一〇四期刊

先生樸市慈善家，積德鄉園眾口誇。
鼓勵發明勤創作，圓成後進展才華。
無私奉獻承餘慶，上譽揚清勝綺霞。
喜賀光榮登董座，高山景行仰彌嘉。（徐大年）

浚沂梅嶺秉機樞，朴子培英雅道扶。
攝影插花來秀士，吟詩煮茗出高徒。
愛鄉倡藝興文教，入世懷仁樹楷模。
掌舵前行弘志業，地方引頸待沾濡。（李玉璽）

二〇一四年三月為免復社之前的樸雅吟社前輩社員的詩作佚失，在黃銀漢、吳仁健、黃哲永的努力之下，收集這些樸雅吟社前輩社員的珠玉之作，編輯成《樸雅吟社詩集》一書以傳諸後代，輯錄有黃星華、黃鴻藻、黃鴻翔、黃慎言、陳連德、黃啟棠、楊成裕、辜尚賢、趙青木、侯水木、蔡錦棟、林榮、黃輝煌等人的生平概要以及詩作，留存臺語漢詩歷史文獻，薪火相傳。

臺灣臺語漢文傳統詩社的特徵之一，就是有同題共作的課題詩習作。六朝時期盛行同題現象，包括與前人同題的擬作和與時人同題的共作，如南朝齊竟陵王蕭子良的文學集團的文學活動中，有很多奉和、酬酢、共詠的詩賦作品，而唐朝盛行試帖詩，至宋神宗王安石變法而廢，元明科舉未試詩，到了清代科舉考試，自乾隆二十二年（1757年）起又恢復試詩，激發了士人寫作試帖詩的熱情。試帖詩也是一種同題共作。臺灣臺語漢文傳統詩社的同題共作方式，便多少有受到這些歷史因素的影響。

同題共作有何好處呢？清代蘇州儒醫薛雪（1681-1770）在《一瓢詩話》中提到，「詩文家最忌雷同，而大本領人偏多於雷同處見長。若舉步換影，文人才子之能事，何足為奇？惟其篇篇對峙，段段雙峰，卻又不異而異，同而不同，才是大本領，真超脫」。在同題競技中，學習者可以互相觀摩彼此巧思，同一題材，透過詩人們或正寫、或反寫，或贊成，或反對的文筆，開拓彼此的視野，隔空交鋒，進行多元的呈現，學習到不異而異，同而不同的本領。

然而，樸雅吟社復社初期，學習者人數尚少，且並非學員人人能詩，如單純由指導老師加以批改，則難分等第，如聘請詞宗（傳統詩的評審委員稱：詞宗），則件數過少，亦難評分，因此樸雅吟社除了不定期提出樸雅吟社會員專屬的課題詩以外，也獲得嘉義市傳統詩學會的邀請，相濡以沫，每個月共同進行課題寫作，彼此切磋，擴大能見度。嘉義市詩學研究會，名譽理事長有蔡中村、林瑞煌、賴炳龍等人，二〇二一年的現任理事長則為凃文雄，其他如劉榮村、劉麗洋、劉光照、黃國泰、吳梅貴等人，亦活躍於傳統詩壇之中。嘉義市詩學研究會每月提出課題，聘請一位詞宗進行七言絕句以及詩鐘的評比，每位參加者最多可以投稿兩首絕句跟三首詩鐘，絕句多半限韻，按照平水韻上平、下平共三十韻部去輪流，詩鐘則多半從一唱輪流到七唱。詞宗均由臺灣南北各地浸淫傳統詩壇多年的前輩出任，幾乎沒有大學中文系或臺文系教授參與其間。詞宗評定甲乙，有元眼花之分（前三名），但獲獎者並無實際獎勵，參加者仍不改其樂。二〇二一年現在，大概維持每個月有三十幾位參加者的規模，茲舉刊登於《中華詩壇》雙月刊二〇一九年，樸雅吟社社友參加嘉義市詩學研究會的限韻課題詩作品數首為例，以見其概。

秋色（限六魚韻）

《中華詩壇》雙月刊第一〇三期刊

詞宗：楊龍潭

曉對天高白絮舒，新黃葉落綴輕車。
難能欒樹紅還紫，喜是霞光暮色餘。（林世崇）

青黃隧道眾停車，花落繽紛塊壘紓。
四色又稱金雨樹，燈籠千萬舞徐徐。（蔡忠憲）

試橘（限七虞）

《中華詩壇》雙月刊第一〇三期刊

詞宗：張儷美

姱容媚色賽珍珠，月辦嘗鮮味恣酥。
忖度人情如品橘，酸甜世況境無殊。（徐大年）

爽秋綠橘滿街衢，馥郁甘甜北地無。
莫怪屈平常頌此，南邦妙果冠雄都。（李玉璽）

嘉義市詩學研究會 詩題：避暑（限十三元韻）
《中華詩壇》雙月刊第一〇六期刊
詞宗：林惠民

暑熱無風兩眼昏，燒空赤日苦難言。
及時驟雨淋漓下，快感身心速解煩。（蔡忠憲）

熱氣蒸騰腦悶昏，炎炎日色曝庭園。
人間炙暑何能解，遁入青山澗水源。（陳曉蓉）

由於題目相同，指導老師也便於修改指導，尤其樸雅吟社指導老師黃哲永先生以及邱素綢女史，均為縱橫傳統詩壇多年的著名詩家，透過這樣每月一次的課題詩練習，不單以詞宗評定等第為憂喜，而是透過交稿前指導老師的指導，以及成績發表後，於社群討論，進行罵題、犯大韻、重字、長短腳等的抓虱活動，都可以收他山之石可以攻玉之效，讓樸雅吟社社員的詩藝更加精進。

臺灣臺語漢文傳統詩社的另一個特徵，就是延續了詩鐘的傳統。詩鐘是中國古代的一種限時創作吟詩的文字遊戲，大約出現在清朝嘉慶、道光年間的福建、廣東一帶，隨著唐景崧等清朝官員引入臺灣。福建詩鐘喜以集句方式為之，較不重視對仗工穩，廣東詩鐘多重視個人創作，且重視平仄對仗。臺灣目前的詩鐘，比較重視個人創作以及平仄對仗，少見集句形式，且僅為上聯七字、下聯七字，與對聯字數有所伸縮者，亦屬有異。然清代詩鐘乃是限時創作吟詩的文字遊戲，到了現在，能夠聚會限時吟詩實有困難，因此多採用課題方式為之，樸雅吟社即屬如此。

詩鐘只有兩句，可以訓練對仗技巧，為律詩創作做準備，目前臺灣的詩鐘創作，仄起平收，以嵌字體最為普遍，按照嵌字位置，可以分成一唱到七唱，茲以樸雅吟社社員參加嘉義市詩學研究會的每月定期詩鐘課題一唱到七唱的數首作品為例，該等作品均刊登於二〇二〇年的《中華詩壇》雙月刊。

鐘題：楓菊一唱

《中華詩壇》雙月刊第一一四期刊

詞宗：吳振清

楓盈北嶺樊川至，菊滿東籬靖節來。（李玉璽）

楓橋夜泊唐人趣，菊徑晨遊晉士風。（李玉璽）

鐘題：百千二唱

《中華詩壇》雙月刊第一一二期刊

詞宗：廖育麟

大千世界無奇有，數百山河絕勝多。（康秀琴）

頌千偈老僧弘法，寫百詩騷客展才。（李玉璽）

鐘題：忠義三唱

《中華詩壇》雙月刊第一一二期刊

詞宗：王前

自古忠心名萬世，如今義節詠千秋。（陳英毅）

武穆忠心銘史籍，文衡義氣貫詩書。（林瑞彬）

鐘題：仁愛四唱

《中華詩壇》雙月刊第一一二期刊

詞宗：林惠民

孫文博愛人皆敬，孔子弘仁世所欽。（李玉璽）

君子慈仁勤積善，賢人友愛廣交遊。（郭秀梅）

鐘題：始終五唱

《中華詩壇》雙月刊第一一三期刊

詞宗：陳進雄

商王用佞終亡國，漢帝親賢始建邦。（李玉璽）

武穆安邊終恨阻，荊公變法始知難。（徐大年）

鐘題：世人六唱

《中華詩壇》雙月刊第一一三期刊

詞宗：吳春景

玉環出浴唐人俗，飛燕行歌漢世風。（李玉璽）

利祿功名浮世夢，忠誠節義古人風。（徐大年）

鐘題：秋葉七唱

《中華詩壇》雙月刊第一一四期刊

詞宗：吳素娥

寒蛩屢噪荒山夜，孤雁時鳴故里秋。（李玉璽）

風吹落木千山夜，雨潤空江萬里秋。（康秀琴）

吟幟飄海側，風雅共維持

——樸雅吟社與傳統臺語漢文團體的交遊

李玉璽

國立虎尾科技大學通識教育中心教授

戰前臺灣人就有用臺語漢文從事傳統詩寫作與吟唱的傳統，而在戰後，一九六五年由監察院職員何南史等戰後來臺外省人，雖然不懂臺語，但是都有以漢字寫漢詩的傳統。為了提倡傳統詩，在監察院內創設中國詩經研究會，因為有政府奧援，曾經盛極一時，在監察院長于右任過世後走入下坡。相對的，臺灣全國各地以講授臺語漢文為主的臺灣傳統詩社、各縣市傳統詩學會，為弘揚臺灣固有漢文文化，因此聯合臺灣全國各地詩社，於一九七六年組成中華民國傳統詩學會，該會擺脫以往臺灣傳統臺語漢文詩是在富商世家之間小眾酬唱的傳統，在富紳支持贊助的風氣沒落，政府補助又很少的狀況下，改與臺灣全國宮廟、齋堂以及詩社密切進行合作，深耕在地，舉辦大大小小的詩會。各詩社成員均以個人名義加入，至二〇二一年仍有會員三百多人，串連各地詩社，彼此交流，目前理事長為雲林縣的李丁紅先生。樸雅吟社的社員也多是中華民國傳統詩學會的會員，樸雅吟社指導老師黃哲永先生，亦為中華民國傳統詩學會的副理事長。

中華民國傳統詩學會，以《中華詩壇》雙月刊為機關誌，每兩個月舉辦徵詩，按照臺灣的傳統詩社習慣，以限定韻部同題共作方式為之，投稿對象以會員為主，每期並聘請三位詞宗（天詞宗、地詞宗、人詞宗），以合點方式評定名次，每人限投一首，近年收稿大概都在兩百首以內。為了訓練參加者對於絕句、律詩的創作技巧，絕句、律詩等詩體常常定期更換，以往是每一年輪一次，後經中華民國傳統詩學會理監事會議討論通過，改以每一期輪換七絕、七律、五絕、五律，每次刊出來自臺灣全國各地的作品約一百首。樸雅吟社社員對此全國性的徵詩活動，均踴躍投稿參加，近一年內參加詩作選錄如下：

詩題：謹小慎微（七絕限三肴韻）

《中華詩壇》雙月刊第一一七期刊

得詩一五八首

天詞宗：吳榮鑾

地詞宗：張錦雲

人詞宗：陳玉錦

慎行處事細推敲，杜漸防微橫禍拋。
小節不拘傷大德，謀求圓滿忍譏嘲。（蔡忠憲）

不矜細事易貽嘲，省己防微未可拋。
賢若武侯猶敬慎，謹身致福百祥包。（李玉璽）

小心行事慎推敲，輕忽安全把命拋。
細節關乎成敗論，毫差千里勿相嘲。（陳英毅）

詩題：桂香人團圓（五律限二蕭韻）

《中華詩壇》雙月刊第一一六期刊

得詩一四一首

天詞宗：吳素娥

地詞宗：黃冠雲

人詞宗：黃哲永

庭深金桂綻，馥郁漫風飄。
明月何清皎，遊人患寂寥。
芳晨偕婦孺，小艇度溪橋。
家戶天倫樂，欣逢暢意聊。（林大偉）

佳節團圓日，杯壺備夜宵。
賞花評故典，對月和新謠。
鼎上秋鮮炙，盤間桂醑澆。
何期能再會，宴罷復招邀。（李奕璇）

桂香香味重，花信近清宵。
萼展秋風軟，雲移月色嬌。
上旬頻寄語，十五定回寮。
路遠相思切，團圓百慮消。（林世崇）

詩題：明辨是非（五絕限一先韻）

《中華詩壇》雙月刊第一一五期刊

得詩一六八首

天詞宗：劉福麟

地詞宗：連嚴素月
人詞宗：陳國勝

黑白休淆惑，良知莫蕩蠲。
民能分對錯，社稷保安然。（黃哲永）

是非宜審辨，擇善不私偏。
慧眼觀情理，和諧國祚延。（邱素綢）

黑白需明辨，信讒枉害賢。
寸心能養正，世道自無偏。（李玉璽）

詩題：閏四月（七絕限十五刪韻）
《中華詩壇》雙月刊第一一四期刊
得詩一七二首
天詞宗：蔡中村
地詞宗：龔必強
人詞宗：陳素端

閏四多災共把關，橫行病毒虐人寰。
堪欣孝順歸寧女，添壽豬蹄展笑顏。（黃哲永）

星辰運轉妙時間，庚子稀逢閏四還
月好重開年報喜，豚蹄麵線暖親顏。（林世崇）

雙春閏月蒞人間，嫁女經年久往還。
盡孝祈求添福壽，豬蹄麵線獻慈顏。（陳英毅）

詩題：防疫有感（七絕限十四寒韻）

《中華詩壇》雙月刊第一一三期刊得詩一九一首

天詞宗：李丁紅

地詞宗：武麗芳

人詞宗：楊東慶

超前部署堵新冠，各國齊誇寶島歡。
口罩隨身勤洗手，居家隔疫保平安。（陳英毅）

染疫美歐醫療癱，臺灣防堵立標竿。
徵收口罩行分配，捐助他邦績可觀。（黃哲永）

新冠防疫路艱難，口罩捐輸感肺肝。
殷盼維持零確診，友邦稱羨庶民安。（蔡忠憲）

詩題：過剛易折（七絕限十三元韻）

《中華詩壇》雙月刊第一一二期刊

得詩一七二首

天詞宗：黃坤語

地詞宗：王命發

人詞宗：楊維仁

剛強易折古人言，理直辭和氣自溫。
莫道寬柔無耐久，高年齒落舌仍存。（李玉璽）

至剛處世禍根源，面壁功深是國藩。
樹敵招災諸事折，與柔並濟刻銘言。（林文智）

圓融處事古箴言，道守中庸孔孟魂。
遇事過剛非善策，柔和自在不憂煩。（陳英毅）

詩題：夜讀（七絕限十二文韻）
《中華詩壇》雙月刊第一一一期刊
得詩一六四首
天詞宗：魏秋信
地詞宗：黃哲永
人詞宗：呂春福

夜闌展讀奮孤軍，皎月臨窗意半醺。
秉燭甘之懷美夢，曙光在望冀銘勳。（林錦花）

每羨他人擲地文，宵宵誦讀志凌雲。
登龍無術惟書伴，盼博詩壇姓字芬。（邱素綢）

伏案埋頭繼晷焚，抱書耽翫事長勤。
懸樑苦讀嚐椎股，一舉成名海內聞。（蔡忠憲）

中華民國傳統詩學會的徵詩活動，照例是在年末大會時針對徵詩比賽名列前茅者頒獎表揚，樸雅吟社社員，在黃哲永老師、邱素綢師母的指導下，也多有佳績展現，王金蓮、吳美惠、簡美秀、康秀琴、徐大年、謝靜怡、陳曉蓉、郭秀梅、李奕璇、蔡忠憲、李玉璽、林世崇、林錦花、林文智、盧春霖、林瑞彬、陳治樺等社友，均曾獲頒獎狀獎勵。

臺灣早期戒嚴時期，對於全國性人民團體的組成規範極其嚴格，全國性詩學團體早期只有中國詩經研究會、中華民國新詩學會、中華民國傳統詩學會等數個團體而已，頒發詩學相關獎項，也必須輪流主辦，層層上報，以教育部或內政部等中央主管機關名義核發獎狀，解嚴後，此一管制已經廢除，由各民間團體自行頒發獎狀。中華民國傳統詩學會的獎項內容，傳承當時名稱未改，有詩教獎、詩運獎、優秀詩人獎三類，規定會員獲優秀詩人獎若干年後，始得被推薦參加詩運獎，詩運獎獲獎若干年後，始得被推薦參加詩教獎。凡中華民國傳統詩學會理監事，均有推薦資格。

樸雅吟社社員努力參加臺語漢文傳統詩創作與吟唱的表現，受到中華民國傳統詩學會理監事們的肯定，計有王金蓮、林錦花、李玉璽、林世崇、蔡忠憲五位社友榮獲優秀詩人獎，其後林錦花校長更上層樓，榮獲中華民國傳統詩學會頒發詩運獎。樸雅吟社遇此盛事，也都以課題詩的方式，表達祝賀之意，茲摘錄數篇如下：

課題：賀社友王金蓮女史榮獲全國優秀詩人獎

《中華詩壇》雙月刊第九十一期刊

王金蓮〈榮獲優秀詩人獎有感〉絕句

耆年染翰倍心清，膺奬猶如樂透贏。
銘謝同儕伸賀意。虛名浪得更求精。

謝靜怡〈賀詩〉絕句

玉質丰儀仰大家，蘭心詠絮筆生花。
尤欽鳳舞龍飛字，優秀詩人實可誇。

課題：賀社友林錦花校長榮獲全國優秀詩人獎
《中華詩壇》雙月刊第九十七期刊
林錦花〈榮獲優秀詩人獎有感〉古風

優秀本夙願，詩人非初衷。
偶逢良師友，漫遊翰墨中。
文壇多雅事，陋習難苟同。
蒙薦幸獲獎，憂喜兩交融。
喜見耕者眾，傳承路不窮。
憂聞瑜中玷，冷水澆才雄。
自重人亦重，還淳效古風。
齊心揚傳統，詩運氣如虹。

李玉璽〈賀詩〉排律

錦花林校長，博涉美風姿。
阿里山宣化，高明寺習詩。
黌宮教母語，古剎誦清辭。
詠絮才無敵，彈箏心有思。
烹茶宗陸羽，臨帖法張芝。
竟日耽聯句，平生好折枝。

曼歌鶯嚦竹，彩筆鳳鳴池。

獲獎群稱賀，揚名世盡知。

課題：賀社友李玉璽博士榮獲全國優秀詩人獎

《中華詩壇》雙月刊第一〇三期刊

李玉璽〈獲頒優秀詩人獎有所思〉排律

蒙贈詩人獎，區區曷克當。

詞林稱後進，文會獻蕪章。

習業高明寺，尋師六腳鄉。

未諳溫卷法，不識捉刀方。

但願群鷗鷺，何曾友虎狼。

吾臺興漢學，缽韻萬年長。

林錦花〈賀詩排律〉

玉璽雲林子，東瀛博士郎。

黌宮傳法律，古寺習詞章。

作育菁莪秀，吟哦翰墨長。

探驪奇藻思，服務熱心腸。

學界稱豪傑，詩壇耀彩光。

鷗朋欽獲獎，詠讚楷模揚。

課題：賀社友林世崇先生榮獲全國優秀詩人獎

《中華詩壇》雙月刊第一〇八期刊

林世崇〈倖得優秀詩人獎有感〉排律

凍腳山村祖德充，康寧半世育三童。
兄親姐護惇仁義，父樸娘慈教孝忠。
少往高雄求學業，壯遊北國事商工。
連番失利消豪志，再次重生悟正功。
踵步錦花颺雅氣，師承哲永扢文風。
鍾情吟唱秀才調，倖得詩人獎托蒙。

徐大年〈賀詩〉律詩

溫文爾雅小鬍哥，賦性謙沖逸興多。
苦讀寒窗酬孝德，時題甲榜耀星河。
婦隨夫唱何其樂，美詠清吟漫自歌。
優秀詩人當弗愧，同門共喜慶登科。

課題：賀社友蔡忠憲榮獲優秀詩人獎
《中華詩壇》雙月刊第一一五期刊
蔡忠憲〈獲頒優秀詩人獎有感〉排律

職司總務任長庚，承繼良田喜稻耕。
環教志工推減碳，心陶墨瀋作尖兵。
臺羅漢學知音調，增廣賢文頌讚聲。
肚轉腸鳴思五絕，腦疲汁盡入三更。
騷壇振藻師兼友，鷺侶題詞弟與兄。
優秀詩人欣獲獎，賦吟逸韻謝群英。

林錦花〈賀詩〉律詩

優秀詩人樸雅迎，同門忠憲獲殊榮。
辛勤學習心端正，快樂收支愛滿盈。
本職業餘皆傑出，志工農事並專精。
耐勞踏實傳家寶。創作吟哦續古情。

樸雅吟社的社友，多半不是中文系出身，透過參加社區文教機構的終身學習，養成喜愛臺語漢文漢詩等母語傳統文化的習慣，了解平仄押韻，知道臺語文讀音與白話音的區別，孜孜不倦，著實不易。

臺灣臺語漢文傳統詩社，盛行以詩會的方式呼朋引伴，彼此切磋，每年舉辦場次都不在少數，且每次參加人數總在一兩百人之間，比起各縣市古典詩文學獎的參加人數，可謂盛會，然因詩作較欠缺公開發行，或者雖有各自印刷成冊，但未必會刊登在《中華詩壇》雙月刊上，蒐羅不易，是以臺灣文學館出版的歷年臺灣文學年鑑上，往往對此類詩會欠缺較為完整的名次分析報導。

臺灣傳統詩社近年的舉行方式原則上是先期寄信或在中華民國傳統詩學會的臉書粉絲專頁上通告週知，在家創作七律一首，稱為首唱，投稿首唱者得獲邀參與詩會，舉辦詩會時，當場創作七絕一首，稱為次唱，午餐以便當解決，晚上則移師餐廳並頒獎，稱為吟宴。過程雖有不少流弊，為識者詬病，但仍具有維繫臺灣臺語漢文傳統詩壇交流的積極效果。

傳統詩會有其正面功能，是以歷年來樸雅吟社社員參加過不少詩會活動，比如二〇一六年興賢吟社第七屆詩書畫專輯印行誌慶徵詩、二〇一六年臺北黃笑園文學基金會兩岸聯吟大會、二〇一六年嘉義蔡策勳先生百歲賀壽聯吟大會、二〇一七年新北貂山吟社創立一百周年紀念徵詩大會、二〇一七年彰化二林香草吟社慶祝創社百年全國詩人聯吟大會、二〇一八年臺南學甲紀念陳華宗先生逝世五十周年全國詩人聯吟大會、二〇一八年彰化鹿港文開詩社全國詩人聯吟大會、二〇一八年高雄大樹武聖山關帝廟全國詩人聯吟大會、二〇一九年臺北瀛社創立一一〇周年慶全國詩人聯吟大會、二〇一九年臺南玉山吟社己亥年全國詩人聯吟大會、二〇一九年南投藍田書院全國徵詩等等的民間傳統詩會，與詩友切磋交流，現場多半有用臺語吟唱詩詞的餘興節目，讓人獲益甚多。二〇二〇年以及二〇二一年，適逢中國武漢肺炎以及其變種病毒肆虐，臺灣公私活動受到不小干擾，民間詩會也處於停頓狀態，但願疫情早日受到控制，恢復正常。茲錄樸雅吟社社員前往臺北，恭賀臺北瀛社創立一一〇周年慶全國詩人聯吟大會時，所作部分詩作數首如下：

詩題：臺北考棚（七律不限韻）

《中華詩壇》雙月刊第一〇九期刊

天詞宗：林文龍

地詞宗：施懿琳

人詞宗：陳文峰

生童赴試路迢遙，裹足遷延意慮焦。
好義騰雲捐寶地，籌謨行署惠新苗。
文風鼓舞芝蘭盛，舊址經營草木饒。
瀛社慶逢迎百十，考棚傳世顯彰昭。（徐大年）

騰雲捐建考棚增，臺北文風日日升。
占地千坪宏視野，容人廿佰大規繩。

軍營議會輪番改，分局中心次第承。
瀛社以南隨祖志，歷年百十感鷗朋。（林錦花）

考棚肇建在清時，臺北猶存故址碑。
陳尹興文儒業盛，洪公獻地義聲馳。
軍營警局曾居此，議會黌宮亦設斯。
瀛社百年添十歲，溯源仰德敬題詩。（李玉璽）

臺灣傳統詩社，在平常課題練習時，除了絕句律詩以外，還會練習詩鐘，已如前述。詩鐘除了可以練習對仗，以便進一步創作律詩以外，加以拓展也可以成為創作對聯的基礎。傳統詩社的文學創作活動，雖然以徵詩為主，但臺灣近年亦偶有徵聯的活動，此類活動尤其以宮廟為多，各宮廟都會根據神蹟、歷史典故，或地緣關係，撰寫文情並茂的對聯，特別是冠首對聯，乃是臺灣傳統特色，與地方結合，深具意義。茲摘錄樸雅吟社社友近年參加徵聯比賽的數首得獎作品如下：

桃園龍德宮戊戌年第三屆全國徵聯比賽（2018年）

《中華詩壇》雙月刊第一〇〇期刊

聖母　冠首（11字）

聖德安民，法喜充盈源拱範。
母儀作則，慈雲潤澤惠桃園。（李玉璽）

聖保群黎，桃仔園中求正道。
母尊四媽，婆娑海上渡慈航。（黃哲永）

觀音　冠首（11字）

觀知往事如雲，業障前宵去。
音醒浮生若夢，福田此刻耘。（黃哲永）

觀有為，甘露遍施三千世界。
音無礙，普門常渡億兆黔黎。（李玉璽）

瑤池／金母　冠首（9字）

瑤池獻瑞，陰陽依造化。
金母揚芬，天地立根源。（邱素綢）

瑤池桃熟，集三山羽客。
金母駕臨，翔五色仙鸞。（李玉璽）

普賢　冠首（9字）

普門功廣，思惟身坐象。
賢者願深，接引手持蓮。（李玉璽）

普法無私，象教揚桃市。
賢才守正，佛光耀海疆。（黃哲永）

因為樸雅吟社二〇一一年復社以來，在黃哲永老師、邱素綢師母的指導之下，學員們參加大大小小的詩會以及競賽，累積不少獲獎詩作，也學習到了基本的臺語文人調吟唱方法，因此二〇一九年十一月，在朴子市公所與梅嶺美術文教基金會支持下，於朴子市公所多功能會議室，辦理漢學期末泯——樸雅吟社己亥清秋吟詩小集，作為成果發表會，會中除出版《樸雅吟社詩集（二）》以外，並由臺語漢文吟詩耆老南投黃冠雲、臺北黃冠人以及指導老師黃哲永、樸雅吟社社友，登臺以臺語漢文的文人調，吟唱樸雅吟社社友的得獎詩作，並邀請嘉義鳳聲閣南管演出，會場牆上掛滿樸雅吟社社友詩作、並有品茶茶席以及插花花藝欣賞，事後也將相關內容上傳到 YouTube，頗獲好評。

走讀家鄉齊攬勝，繼承瑰寶共攤箋
──《詩情話「義」》古典詩集簡介

林錦花

嘉義縣東石鄉下楫國民小學校長

一　前言

若無「樸雅吟社」的協助，就沒有嘉義縣兩冊《詩情話「義」──閩南語古典詩創作營作品專輯》的出版。

筆者於二〇一三年加入「樸雅吟社」，跟隨黃哲永老師學習臺語漢詩文；因此淵源，得以自二〇一八年起，承辦嘉義縣本土教育整體推動方案計畫中的一項子計畫──「詩情話『義』──閩南語古典詩創作營暨出版計畫」，並編輯出版兩冊詩集。

第一冊於二〇一九年五月出版，作品題材以嘉義縣十八個鄉鎮市為範圍，每一鄉鎮市各選取六個景點，共計一〇八個景點，寫成一〇八首七言絕句。筆者於編者序中以一首七言律詩──〈詩詠嘉義〉作為這本詩集的主題詩：

> 山海平原喜愛連，細挑百景入詩篇。
> 抒情敘事揚幽趣，詠物懷人效古賢。
> 走讀家鄉齊攬勝，繼承瑰寶共攤箋。

吟哦嘉義芬芳溢，教育觀光別有天。

本文標題「走讀家鄉齊攬勝，繼承瑰寶共攤箋」即出自此詩，也傳達期望透過古典詩的創作、出版，達成結合本土語言與古典文學、在地特色，促進本土語言的藝術化與生活化的計畫目的。

第二冊於二〇二〇年七月出版，作品題材亦以嘉義縣十八個鄉鎮市為範圍；每一鄉鎮市，先以各該鄉鎮市名為題，敘寫其地名由來，另選兩項農漁特產品為題，總計彙編五十四首七言絕句。筆者亦於編者序中以一首七言律詩——〈深耕嘉義〉作為這本詩集的主題詩：

一鄉一鎮探源流，細數農漁百樣優。
博覽典墳知歷史，遍看隴畝識先疇。
米香果碩歡顏綻，花美魚肥富庶留。
沃土勤耕嘉義好，居安蹈厲創新猷。

這本詩集，繼前一本描寫本縣一〇八個景點之後，更扎根於十八個鄉鎮市的地名由來，以及由這塊土地所孕育出的農漁特產品的描寫。除了傳承本土語言、古典文學，也結合鄉土文化與食農教育。

兩本詩集的出版，都是依據筆者擬訂的計畫，先辦理閩南語古典詩創作營，其後集結學員優秀作品編輯而成。每首詩都標註臺羅拼音，書中並附閩南語朗讀及吟唱 CD，出版後分送全縣各國中小作為補充教材。

在計畫執行過程中，承「樸雅吟社」協助甚多，尤其是黃哲永老師，不僅擔任創作營講師，也協助標註拼音、校對文字，及部分詩作文人調吟唱的示範。邱素綢師母擔任助教、批改詩作、協助校對，亦功不可沒。還有社友多人熱心參與、共襄盛舉，才得以有這兩冊詩集的出版。

二　專輯一：景點詩

二〇一九年五月出版的第一本專輯，描寫嘉義縣十八個鄉鎮市的一〇八個景點，可說是一本景點詩集。而所謂的「景點」，並非狹隘地單指觀光景點，也含括各鄉鎮市的重要設施、古蹟或歷史建築；範圍則小至一個紀念碑，大至一個地理區域。誠如主題詩中所言：「抒情敘事揚幽趣，詠物懷人效古賢。」作者以各景點為題，或抒情、或敘事、或詠物、或懷人；於是，一〇八首景點詩收錄了十八鄉鎮市的風土民情。因此，這本專輯，不僅在教育上可作為本土語言、古典文學與鄉土文化的補充教材；對一般民眾而言，各景點搭配詩作與精美圖片，可藉以認識嘉義縣各鄉鎮市風貌，亦可作為觀光導覽手冊之用。

第一本專輯中十八個鄉鎮市的一〇八個景點臚列：

序號	鄉鎮市名	景點1	景點2	景點3	景點4	景點5	景點6
1	太保市	太子大道	故宮南院	高鐵嘉義站	王氏家廟	加走庄埤	水牛厝牛將軍廟
2	朴子市	東石郡役所	朴子老街	配天宮	刺繡文化館	朴子水塔	朴子藝術公園
3	布袋鎮	新塭嘉應廟	好美寮自然生態保護區	高跟鞋教堂	布袋港	洲南鹽場	過溝建德宮
4	大林鎮	萬國戲院	昭慶禪寺	明華濕地生態園區	大林糖廠	大林運動綠廊	五百年茄苳樹
5	民雄鄉	嘉義縣表演藝術中心	劉家古樓	民雄大士爺廟	國家廣播文物館	中正大學	虎頭崁埤風景區

序號	鄉鎮市名	景點1	景點2	景點3	景點4	景點5	景點6
6	溪口鄉	天臺殿	溪口老街	愛溪口秘密通道	溪口鄉客家文化館	溪口鄉文化生活館	開元殿
7	新港鄉	月眉潭	新港香藝文化園區	新港鐵路公園	新港奉天宮	頂菜園鄉土館	笨港水仙宮
8	六腳鄉	蔗埕文化園區	六家佃長壽橋	榕樹王庄義渡碑	朴子溪自行車道	中溝風車	王得祿墓園
9	東石鄉	船仔頭	東石漁人碼頭	富安宮	福靈宮鐵嘴將軍	笨港口港口宮	鰲鼓溼地
10	義竹鄉	翁岳生故居	慈化寺	翁清江古厝	修緣禪寺	東後寮教會	東後寮驛站
11	鹿草鄉	荷苞嶼生態園區	鹿仔草民俗文化學堂	鹿草圓山宮	中寮安溪城隍廟	龜塔公園	日據地下作戰指揮中心
12	水上鄉	嘉義機場	北回歸線太陽館	白人牙膏觀光工廠	南靖糖廠休閒廣場	八掌溪水橋	赤蘭溪地下導水工程紀念碑
13	中埔鄉	嘉義縣客家文化館	吳鳳廟	中埔嘉檳文化館	石硦林場	豐山生態園區	中崙澐水溪溫泉
14	竹崎鄉	竹崎公園天空步道	竹崎真武廟	獨立山	圓潭自然生態園區	奮起湖車站	大凍山步道
15	梅山鄉	梅山公園	梅山汗路	民番界碑	太平風景區	碧湖山觀光茶園	瑞里風景區
16	番路鄉	仁義潭水庫	半天岩紫雲寺	觸口自然教育中心	牛埔仔草原	天長地久橋	隙頂雲海

（續）

序號	鄉鎮市名	景點1	景點2	景點3	景點4	景點5	景點6
17	大埔鄉	大埔拱橋	大埔老街	情人公園	曾文水庫	白馬亭	嘉義農場
18	阿里山鄉	祝山觀日平台	阿里山雲海	阿里山森林鐵路	巨木群棧道	姊妹潭	達娜伊谷生態園區

以下摘錄筆者所撰寫之詩作，以呈現本專輯之概況：

太保市

〈王氏家廟〉

水師提督一豪雄，臺籍高官讚譽隆。

太保奇才推得祿，府修家廟並崇功。

〈水牛厝牛將軍廟〉

先民斬棘力耕耘，感念水牛襄助勤。

祈禱豐收虔奉祀，精神勵眾氣凌雲。

義竹鄉

〈東後寮教會〉

紅牆雨庇拱窗全，磚木教堂經百年。

廊柱彈痕思舊日，盎然古意動心弦。

〈東後寮驛站〉

南通義竹北溪州，鐵道猶存載運休。

傳統農村今再造，清新雅致樂悠遊。

水上鄉

〈八掌溪水橋〉

嘉南圳大跨溪行，八掌渡槽傳盛名。

流水潺潺培沃土，豐饒物產樂民生。

〈赤蘭溪地下導水工程紀念碑〉

人文歷史景觀奇，蔓草長湮紀念碑。

八十餘年流水繼，農田灌溉奠良基。

竹崎鄉

〈奮起湖車站〉

三面環山鐵道行，老街飯盒早聞名。

百年車站存風韻，來往觀光笑語傾。

梅山鄉

〈梅山公園〉

故地翻修氣象新，詩碑廊道饗遊人。

梅坑月霽聲名播，最愛暗香盈滿身。

〈梅山汗路〉

小徑蜿蜒峻嶺行，肩挑腳踏苦謀營。

先民斬棘披荊創，古道綿延歷史情。

〈民番界碑〉

先來後至漢原爭，杜絕紛呶界址生。

卅二彎旁碑尚在，乾隆遺蹟訴風情。

〈太平風景區〉

卅六彎奇響太平，老街步道寄幽情。

登山尋瀑多佳趣，壯美雲梯旅客迎。

〈碧湖山觀光茶園〉

雲騰霧繞展丰姿，錯落茶園孕妙辭。

日出風光無限好，碧湖勝景美如詩。

本專輯除了以書面呈現一〇八首七言絕句，並標註臺羅拼音，配以與詩句相關的照片之外，書後並附有一片光碟；光碟內容包含全書PDF 檔、電子書、朗讀聲音檔與吟唱聲音檔。朗讀部分皆由筆者擔任朗讀者；吟唱部分則由筆者與黃哲永老師、黃冠人老師、黃冠雲老師分別以文人調及天籟調示範吟唱，提供不同的吟唱方式便於學子觀摩、比較及學習之用。

三　專輯二：地名及特產詩

二〇二〇年七月出版的第二本專輯，寫作重心在於十八鄉鎮市的地名由來與農漁特產品，企圖編撰成一本兼具本土語言、古典文學、鄉土文化與食農教育功能的教材。誠如主題詩中所言：「一鄉一鎮探源流，細數農漁百樣優。……沃土勤耕嘉義好，居安蹈厲創新猷。」期望嘉義學子，透過這本教材的引領，能夠認識地方文史，親近所處的這塊土地，也能在這片沃土上繼續耕耘、奮發向上、再創新猷！

本專輯收錄十八個鄉鎮市，每個鄉鎮市各有一首地名詩與二首農漁特產品詩，茲臚列如下表格。

序號	鄉鎮市名	地　名	農漁特產1	農漁特產2
1	太保市	太保市	柑仔蜜（番茄）	有機米
2	朴子市	朴子市	紅豆	苦瓜
3	布袋鎮	布袋鎮	虱目魚	菜脯
4	大林鎮	大林鎮	蝴蝶蘭	柳丁
5	民雄鄉	民雄鄉	王梨（鳳梨）	金桔仔（金桔）
6	溪口鄉	溪口鄉	鳥仔餅	馬鈴薯
7	新港鄉	新港鄉	甜番仔薑（甜椒）	洋桔梗
8	六腳鄉	六腳鄉	塗豆（落花生）	蒜頭餅
9	東石鄉	東石鄉	東石蚵	烏魚子
10	義竹鄉	義竹鄉	甜番麥（甜玉米）	桑葚
11	鹿草鄉	鹿草鄉	西瓜	羊角豆（秋葵）
12	水上鄉	水上鄉	芳米（香米）	蓮藕
13	中埔鄉	中埔鄉	菜瓜（絲瓜）	黑木耳
14	竹崎鄉	竹崎鄉	茂谷柑	高接梨
15	梅山鄉	梅山鄉	梅仔（梅子）	蓮霧
16	番路鄉	番路鄉	柿仔（柿子）	荔枝
17	大埔鄉	大埔鄉	麻竹筍	破布子
18	阿里山鄉	阿里山鄉	高山茶	子仔／薁蕘（愛玉）

以下亦摘錄筆者所撰寫之詩作，以略見本專輯之一斑：

水上鄉

〈水上鄉〉

清初拓墾入池湫，聚落因稱水堀頭。

改隸更名知歷史，北回依舊越鄉疇。

阿里山鄉

〈阿里山鄉〉

鄒人領土漢人侵，吳鳳舊稱神話尋。

異族同尊阿里改，名山共聚響清音。

〈子仔／薁蕘／愛玉〉

揉洗凝膠似玉晶，冰心爽口女兒名。

臺灣特有人人愛，阿里野生尤好評。

如同第一本專輯，本專輯除了以書面呈現五十四首七言絕句，並標註臺羅拼音，配以與詩句相關的照片之外，書後並附有一片光碟；光碟內容包含全書 PDF 檔、電子書、朗讀聲音檔與吟唱聲音檔。朗讀部分亦由筆者擔任朗讀者，吟唱部分則由筆者與黃哲永老師以傳統文人調示範吟唱。

四　結語：餘音嫋嫋，不絕如縷

詩集出版且分送至縣內各國中小之後，最讓人擔心的就是被束之高閣，從此無人過問！如此不僅浪費公帑，更是辜負籌辦、創作以至編輯的一番苦心。而如何讓這兩本詩集在汗牛充棟的學校圖書館中不被淹沒，在各類教學活動頻繁的校園中受到青睞，確實頗費思量。

所幸，筆者有機會再擬第三年計畫——「詩情話『義』——閩南語古典詩研習營暨吟唱比賽計畫」，並限定以這兩本詩集作為吟唱比賽的競賽內容。除了在賽前辦理古典詩研習營，研習兩本專輯中的詩作及吟唱技巧；並向民間單位募款贊助獎金，以鼓勵師生參賽。雖然第一次比賽的參賽者不多，但已開創國中小辦理古典詩吟唱比賽之先

作者（左三）參賽與其他社員合影

河，並達成推廣並應用已出版的本土教育補充教材之目的。第四年計畫仍持續第三年的辦理模式，且擴大研習及競賽內容，除仍舊採用這兩本詩集以外，並酌增部分先賢詩作。而更令人欣喜的是，獲得上級機關認同，全額補助競賽獎金，不須再對外募款。

本土教育政策鼓勵學校結合民間資源及地方文史團體，辦理本土教育相關活動。筆者服務於國民小學，有機會協辦本土教育相關計畫；同時身為「樸雅吟社」社友，獲得社團中專業知識、人力的支持與協助。過去四年，已完成兩冊詩集的出版，並透過詩集推廣文人調吟唱；未來，透過公私部門的結合，當更能順利推展結合本土語言、古典文學與鄉土文化之本土教育理念。

樸雅吟社的在地書寫
──從〈朴子竹枝詞〉到「朴子市景點詩」

謝靜怡
國立花蓮師範學院民間文學研究所碩士

樸雅吟社創社社長楊爾材先生，曾為朴子地區寫下〈朴子竹枝詞〉二十首；先賢黃傳心先生也有多首竹枝詞描寫朴子地區。樸雅吟社新成員在近幾年，也創作許多朴子景點為題的詩，以下列舉幾處重要景點介紹，再以先賢與新詩人的詩作先後進行賞析。

配天宮

鑼鼓聲中步伐和，宋江獅陣戲干戈。
例年賽會春三月，爭拜配天媽祖婆。（黃傳心）

配天宮闕壯崔巍，大耳香爐語帶譏。
元夕成群諸士女，花燈影下拜天妃。（楊爾材）

配天宮主祀媽祖，為朴子重要的信仰中心，農曆三月總會吸引許多宗教團體進香，以及鑼鼓與陣頭。信眾自四面八方前來參拜，將配天宮擠得水洩不通。配天宮著名的文物，是由蒜頭糖廠叩謝的「大耳香爐」，由於造型獨特，被民眾做為飯後閒話的題材。「樸仔腳香爐——大耳」，被用來比喻對方耳根子軟。每逢元宵節，配天宮還會佈置「御賜燈花」，據說是為了讓王太夫人（王得祿的長嫂）能就近觀賞。元宵期間，總能看到仕女們一邊賞燈花，一邊拜天妃，形成一幅美麗的風景。

建宮三百有餘年，鎮殿金身樸樹鐫。
得祿夫人鐘敬獻，廟名御賜配天緣。（王金蓮）

林馬迎鑾樸下停，安溪建廟市成形。
湄洲謁祖攜蘭樹，接彈衣袍感聖靈。（王金蓮）

配天宮建於康熙二十六年（1687），距今已三百多年。當年由布袋商人林馬迎請媽祖鑾駕，途經朴子一棵樸樹下休息，待要再起身時，鑾駕卻紋風不動，並指示要在此地建廟。現今的鎮殿金身，就是藉當年那棵樸樹鐫刻而成。建廟之後，許多人前來媽祖廟周圍定居，街市因此成形。知名文物還有「德祿夫人鐘」，是由王得祿夫人林氏捐獻。乾隆末年御賜改名為「配天宮」。廟內神蹟「四季蘭」，由湄洲祖廟所贈，若遇身體病痛，只要誠心來此磨樹即可減輕，樹葉泡茶也有療效。另有「媽祖接炸彈」的傳說：二戰時，美軍轟炸朴子水塔，有人看見一位騎白馬的婦人，接住炸彈，將它拋入朴子溪中，保全水塔免受災害，眾人皆感念媽祖聖靈。

荷苞嶼

十里荷苞嶼放晴，負犁野老事春耕。
崁前崁後安機器，旱魃時聞吸水聲。（黃傳心）

荷苞嶼大水連天，藍鹿洲遊作記傳。
今日嘉南排水設，汪汪千頃變良田。（楊爾材）

荷苞嶼位在朴子南邊，原是一座大湖。清代文人藍鼎元曾到此遊歷，並寫下〈紀荷苞嶼〉一文，讚嘆荷苞嶼的風景，可比美水沙漣（今日月潭）。日據時期，由嘉南大圳組合在此設置排水溝，以提供鄰近農田灌溉用水。隨著泥沙淤積，荷苞嶼的湖泊也逐漸轉化為良田，現今只留下零星的小水塘，供後人探尋遺蹟。

良湖百頃署荷苞，魚躍清波鳥駐梢。
最喜偷閒來攬勝，逢時遂願履芳郊。（吳瑞明）

魚潭蟹渚匯芳洲，引罟牽繩艤蔭幽。
今日溝旁皆沃土，佳禾萬畝慶豐收。（吳瑞明）

詩人巧妙地將藍鼎元〈紀荷苞嶼〉文章中的字句，以及自己親身遊歷的見聞，融入詩作中。將荷苞嶼描寫成生態樣貌豐富的樂園，可供魚、鳥、蟹及人類等各種生物安居的所在。在這裡不但可以聽鳥兒唱歌，用簡單的漁具捕捉一些小型的魚類蟹類，還可以學古人泛舟，在樹蔭下乘涼。最後，詩人也不忘點出今日荷苞嶼最實用的灌溉功能，展現了民胞物與的精神。

高明寺

高明寺裡菜姑多，身入沙門莫奈何。
共信誦經能補過，朝朝夜夜念彌陀。（楊爾材）

高明寺是朴子地區的佛教重鎮，光復後，樸雅吟社曾藉高明寺場地開設詩文研究班，參加者逾上百人，也因此培養出許多詩社新秀。寺內供養女性出家眾，俗稱「菜姑」，意指茹素的女性修行者。早期出家修行的女性，多半都是家境不好，或遭遇人生困頓，來此尋求安身立命的所在。又因佛教教義主張誦經能作功德，消除業障，因此寺內常常舉辦誦經法會，不僅為自己，也為眾生累積福報。

寶剎高明近百庚，開基添貴願宏行。
彌陀佛像東瀛贈，藝教同推普利生。（王金蓮）

高明悲願佛精神，鬧市潛修教化頻。
助學恤孤扶弱勢，家邦造福德慈仁。（王金蓮）

高明寺創建於一九二二年，由開基居士陳添貴結合十方信眾共同創立，迄今已將近百年的歷史。寺內重要的文物，是由日本京都知恩院贈送的三尊佛像。高明寺的創立宗旨為「弘法利生」，時常舉辦各種弘法佈教活動，同時也推行各式藝文活動，讓佛法融入信眾的生活中。高明寺位於朴子市鬧區山通路上，旁鄰第二市場，雖然位處鬧市，師父們卻都能潛心修行，並且善盡教化民眾的志業，更招募地方善心人士，成立「慈心會」，投入清寒助學慈善事業，造福鄉里。

朴子市場

市場車馬鬧清晨，雲集鄉村小販人。
別有賣蚵挑菜女，時妝亦學罩紗巾。（黃傳心）

朴子有兩大市場，分別名為「第一市場」及「第二市場」，皆為早市，清晨即可聽見車馬喧鬧的聲音，許多住在鄰近村莊的小販都會來此趕集。商販們有老有少、有男有女，其中特別好看的風景，係屬賣蚵及賣菜的少女，她們作著時髦的裝扮，卻用紗巾遮住臉龐，留給詩人美麗的想像。

朴邑園蔬分外嘉，諸般物貨列如麻。
人聲鼎沸通情誼，百載流傳實可誇。（林瑞彬）

盛景難還怎覺遲，今朝變革實良時。
私房小吃人誇讚，盡道珍饈繞我思。（林瑞彬）

第一市場位於開元路上，鄰近配天宮，又稱「舊市仔」。成立於一九○四年，至今已有百年的歷史。早期攤商雲集、人聲鼎沸，人們在此交換物產，也交流情感，曾有一番榮景，近年來只剩一樓美食區，尚存幾間老牌商家營業，藉此吸引觀光客造訪。

晨曦漸亮伴呼聲，熱鬧非凡寸步行。
地廣攤多蔬果綠，包羅萬象永繁榮。（康秀琴）

人聲鼎沸萬頭攢，菜販豬商擺滿攤。
物品交通中繼站，提升市鎮並非難。（康秀琴）

第二市場創建於一九六三年，又名「新市仔」，位於山通路及海通路之間的街廓中，因其腹地廣大，且交通便利，吸引許多商販來此設攤，每日早市都擠得水洩不通、寸步難行，又因商品種類豐富，已經躍升為沿海鄉鎮的重要大型市場。

朴子溪

溪稱朴子古虞溪，水自新高匯海西。
興廢堪嗟東石港，一灣漠漠盡沙泥。（楊爾材）

朴子溪又名虞溪、牛稠溪（因「虞」字的臺語發音與「牛」字同音，故雅稱之），是帶動朴子地區發展的重要因素，因此也有許多先賢詩人為它歌詠。朴子溪發源於「新高山」（今「玉山」），自東向西，由高至低，匯流入海，早期是通往東石港的重要水道。後來因泥沙淤積，而逐漸沒落，徒留詩人對景感時抒懷。

深山綠水入猿江，朴子溪彎氣勢龐。
古蹟新輝雙岸側，神龍麗影壯家邦。（林世崇）

碧水滔滔匯海西，發源阿里號虞溪。
蜿蜒繞境田園沃，兩岸人和福壽齊。（林世崇）

朴子溪發源於阿里山鄉境內，最後流到東石的舊漁港「猴樹港」（雅稱「猿江」）出海。它的水路有許多彎折之處，豐沛的溪流令人感到氣勢磅礡。兩岸沿途有許多先人遺留的古蹟以及新開發的建設，為朴子地區增添不少光彩。若從空中俯瞰，它美麗的身影就像一尾富有靈氣的神龍，澤披家鄉的一草一木。清澈壯闊的溪流匯集多條支流之後，在東石鄉的西岸出海，文人雅士在創作時，往往雅稱「虞溪」。其行走路線彎曲幅度相當大，所經之處，田園肥沃，沿岸居民和樂，國泰民安。新生代詩人對朴子溪的描寫，同樣提到了發源地、地理位置及水路走向等基本背景知識，但比較少著墨在歷史興亡之思，較強調崇敬朴子溪「母親之河」的神聖地位及其民生水利功能。

縱觀先賢詩人與新生代詩人創作的景點詩，初步可發現幾項特性，以下分述之。

傳承性

新舊兩代詩人在景點的挑選上，有許多相同之處，例如配天宮、荷苞嶼、高明寺、朴子市場、朴子溪、獸魂碑、天星新村、安溪厝、內厝觀音亭、溪仔底等景點，皆有兩代詩人為它們歌詠，留下作品，可見詩人們關注的題材大致上是相同的。再從描寫的角度來看，新一代詩人大多也傳承了楊、黃兩位先生竹枝詞的寫作風格，著重於呈現地方風物、民俗、自然景觀與人文現象，詩句中流露出詩人對家鄉的情感與細膩的觀察。

變異性

這部份又可分三個方向細談之，分別是捨棄、擴張與創新。兩代詩人活動的年代差距約有一百年之久，這段期間，朴子地區的發展變遷自是滄海桑田。有些先賢寫過的景點，到了新生代詩人活躍的年代，這些景點可能早已更名、消失或沒落，遂被人遺忘、捨棄。例如「布埔頭」、「樸仔腳支廳」、「菩提窟」、「鬼子潭」、「網子寮」、「源興窟」等地名，在新創作的朴子景點詩中，已不復見。

另一方面是題材的擴張，例如楊爾材先生寫過的〈溪仔底〉，到了新生代詩人筆下，衍生出〈溪仔底遺址〉及〈榮昌戲院〉兩首新作（皆位於溪仔底）；又例如楊先生的〈蜈蚣陣街〉，有新生代以同樣題材再創作，還衍生出新作〈五層崎〉；再例如〈安溪厝〉衍生出〈安福宮〉及〈蕃薯巷〉兩篇新作；〈頂下灰窯〉衍生出〈巡天宮（頂灰窯廟）〉及〈保安宮（下灰窯廟）〉等，這些作品，都是立基於楊先生的〈朴子竹枝詞〉，從中挑選值得被敘說的題材，再進行擴張創作。

黃哲永老師（前排左二）與社員戶外合影

再者是題材的創新。自楊、黃兩位先生創作的年代，至新生代詩人創作的年代，其間已經歷數十年，這段期間朴子地區發展出許多新興建設，詩人們也將目光望向大朴子地區，挖掘出更多新的題材，例如牛磨店巷、刺繡文化館、金臻圖書館、天公壇、中正老街、和小屋、魚仔市角頭宮、玉勝巷、鐵支路公園、梅嶺美術館、日新醫院、水道頭、東石郡役所、牛挑灣埤、小槺榔庄、火車頭公園、藝術公園、新吉庄仔、大槺榔庄、南勢竹、濟生病院、日式洋風小鎮、清木屋、東石神社、東亞大旅社、朴子田園鐵馬道、樸樹婚紗大道及雙溪口等。

記錄性

從楊、黃兩位先生為朴子地區創作的竹枝詞，到新生代詩人創作的朴子市景點詩，這些詩作記錄了大朴子地區的歷史變遷、地理樣貌、人文景觀及風俗信仰等，為朴子留下了珍貴的歷史紀錄與地方故事，讓後人得以繼續敘說與傳頌，它們是相當珍貴的文化資產。

臺語漢文傳統詩學習與應用

陳英毅
德星眼科診所醫師

一　前言

二〇一九年四月，因緣際會，回鄉擔任朴子高明寺董事長。八月受邀參加樸雅吟社「臺語漢學詩文班」的成果發表會。但見學員們舉止，溫文儒雅，上臺以文人調臺語吟唱詩詞，抑揚頓挫，讓人耳目一新。乃當場報名參加。

〈學習歷程心得〉
初秋己亥始親詩，浩瀚詞文費索思。
努力步趨前輩路，欣聞樸雅有名師。

二　初試啼聲，屢獲鼓勵

指導老師黃哲永、邱素綢賢伉儷，學養俱豐、熱心教學，體諒新學員恐跟不上新學程，乃在開班前，要求先至老師家「特訓」，從平仄談起，律詩、絕句、對聯之分類與規則、禁忌等，將近體詩作一概括的介紹。並劍及履及，分派課題，如每月嘉義市詩學研究會、中華民國傳統詩學會徵詩之練習。值得一提的是：在入社不久，參加嘉市詩會徵詩，竟然一舉得榜眼。

〈防颱〉

《中華詩壇》雙月刊第一〇八期刊

颱來屢創陷深淵，水土維持國境堅。

固定門窗防毀壞，安全永續太平年。

又在當年度中華民國傳統詩學會第十五屆第二次會員大會次唱，榮獲金牌獎，在在鼓勵我這初學者，繼續往前行。

〈冬筍〉

《中華詩壇》雙月刊第一一〇期刊

寒冬雪筍品清鮮，脂少纖高玳瑁筵。

葷素皆宜風味異，食甘爽口樂如仙。

而樸雅吟社的課題詩：〈朴子市景點詩〉創作，更讓人興起為家鄉作詩之豪情壯志。我被分配的景點是朴子田園自行車道。

〈朴子田園鐵馬道〉二首

《中華詩壇》雙月刊第一〇九期刊

（一）

迎眸無際盡良田，花木扶疏分外妍。

鐵馬奔馳心暢快，健身賞景客流連。

（二）

沿途矗立造型燈，放眼田園翠綠興。

賞景聞香相對應，招呼友伴樂騎乘。

老師並將學員們的詩作，邀請書法家書寫後裱褙，於二〇一九年十一月十六日舉辦之「漢學期未泯——樸雅吟社己亥清秋吟詩小集」一起展出，以達詩書結合之美。當天並邀請臺語漢文吟詩名宿：黃冠人老師、黃冠雲老師、黃哲永老師當場以文人調示範吟唱。個人有幸得以首次在鄉親面前，上臺吟唱自創詩，深以為榮。

三　鼓勵閒詠、投稿詩刊

為增廣學員見聞，又帶領大家參加全臺詩人聯吟大會（如白河玉山吟社、南鯤鯓鯤瀛詩社、鹿港文開詩社等）。並鼓勵學員，依自身經歷，自選題材閒詠，各方面增進學員詩詞運用能力，並幫忙投稿詩刊，讓學員自信心倍增。

行醫感懷四首

《中華詩壇》雙月刊第一〇八期刊

〈臺北榮總受訓〉

大夫訓練苦辛勤，患者求援盼望殷。

視病如親人讚嘆，仁醫妙術遠名聞。

〈學成返鄉服務〉

學成返里癒鄉親，術後逐房殷切巡。

目障隨而光亮現，眼前景物豁然新。

〈臺中開業感懷〉

因緣開業為家庭，徙往臺中號德星。
攝影旅遊人自在，浸淫吟詠樂無停。

〈行醫感懷〉

懸壺治眼與心靈，一世清明享壽齡。
自許良醫多感慨，人生聚散本如萍。

〈高明寺感賦〉
《中華詩壇》雙月刊第一一一期刊

同修共信護高明，古剎莊嚴僧眾迎。
永侍佛陀安住地，光華百載再雷鳴。

四　有趣的課外教學

還有有趣的課外教學，如探訪王得祿墓園與其父之墓塋，稗官野史的典故，讓人聽得津津有味；參訪雲林大埤鄉怡然村，黃傳心師公昔日好友：張禎祥前輩的三秀園，一起緬懷兩位前輩詩人歷久彌堅的友誼。事後社友題詩感懷：

〈遊三秀園有序〉
《中華詩壇》雙月刊第一一四期刊

鷗朋久仰秀園寬，躡履橋行過玉欄。
狎鷺亭中騷客聚，怡然憶舊賦詩歡。

又至臺南鹽水區的「臺灣詩路」，吟詠臺灣前輩詩人的詩作，在老師指導下，現場錄音錄影，以為永久記錄。更精彩的是，中午烈日當空，忽見二犬，潛入荷花池避暑，老師乃臨時起意出題：「夏日詩路觀浴犬」，讓大家擊缽閒詠，相互切磋、增進功力。

〈夏日詩路觀浴犬〉

《中華詩壇》雙月刊第一一四期刊

徐風夏日沁心涼，樸雅鷗朋聚一堂。

忽見蓮池消暑犬，惹人詩路覓詞忙。

五　學習吟詠，參加比賽

除學習各體裁之作詩創作外，黃老師其精湛的「文人調」吟詩，堪稱一絕。老師上課時，除當場吟詠示範外，還依學員個人所選前輩傳世詩詞，幫忙錄音，讓學員得以一聽再聽，揣摩其口白音調，直到滿意為止。遇有比賽，規定有自創詩創作時，發現學員詩作，或用詞不當、或語意不明、或平仄錯誤，或犯禁忌，均不吝多次指正，退回讓學員重改，務求完美。難怪在各項比賽，如嘉義鷗社舉辦之「尋鷗吟詩獎競賽」、臺北臺灣瀛社詩學會舉辦之「雪漁盃瀛社先賢詩選競詠」等，樸雅吟社學員入選率奇高，除學員越挫越勇，認真學習外，老師師母的熱心指導，應居首功。個人參加「首屆尋鷗吟詩獎競賽」，經由網路報名，參賽者錄音吟唱一首與嘉義市景點相關的自創詩、一首指定詩。僥倖通過初選，其中自創詩題為〈彌陀映月〉，詩曰：

夜上斜張映月橋，樹蛙栩栩訝光雕。

明珠盪漾心神醉，浪漫詩情筆細描。

二〇一九年十一月九日於嘉義市文化局演藝廳舉行決賽，現場背誦吟唱，再由天、地、人三位詞宗評選。榮獲「進士獎」，深感榮耀。而「第二屆雪漁盃瀛社先賢詩選競詠」亦蒙入選，更是信心加倍。

六　攝影詩詞相輝映

玩攝影，是我三十多年來的業餘嗜好。目前完成之「有情天地——醫院交響曲」、「真情世界——市場交響曲」二個系列作品，均已公開展覽過。而第三系列「人生壯遊——寰宇遊蹤」系列，也打算擇期申請展覽面世。正苦思應如何呈現特色，經師母提醒，或可將每幅作品，依其情境，以所學近體詩形式來發揮，除讓觀眾觀賞攝影作品外，也能一併欣賞詩詞之美。這倒是個好主意，目前也試寫了五首，若要完成整系列作品，這工程之浩大，恐非三、五年無法畢其功。

〈千年纏綿〉

叢林高聳暗遮天，古剎盤根老樹纏。
愛恨糾連終繾綣，傳奇浪漫續千年。

〈踱〉

絲絲麵線妙弧垂，儘享朝陽暖氣吹。
雪白風光何巧配，黑貓入鏡美相隨。

〈伴〉

堅強老嫗背攜柴，倚仗鄉間踏破鞋。
篤厚家牛沿路伴，如詩意境顯和諧。

〈塞外風光〉

初秋塞外牧芳原，巾幗豪情策馬奔。
向晚金黃奇美景，霜蹄踏處惹塵喧。

〈飛舞〉

皇宮素雅映朝暉，群鴿須臾突振飛。
古典姣娥皆入鏡，恍如隔世故人違。

七　結語

於此人生暮年，得以回鄉一親古典近體詩之學習、欣賞與創作，真是三生有幸。期許創立近百年的樸雅吟社，在黃哲永老師、邱素綢師母指導之下，將培育出更多臺語漢學詩文創作的種子學員，在各地開花結果，傳承絕學，相信必指日可待！

樸雅吟社學員心得

樸雅吟社　輯

吟幟飄颻共悠悠：
我在樸雅吟社學習臺語漢文的歷程（林文智）

最早認識黃哲永老師是在二〇〇三年十一月參加嘉義縣政府文化局辦理的社區導覽人才培育研習，當時哲永老師擔任社區導覽解說實務的講師，而筆者只是在臺下聆聽的學員。二〇〇四年因為社會領域輔導團嘉義縣九年一貫鄉土教材人物篇教材行動研究業務的關係，邀請到哲永老師參與並指導，而有了更進一步的彼此認識。之後常常在教師研習、校外教學、導覽解說課程、社會領域輔導團的專案、論文研究……中，有許多的接觸。對哲永老師豐富的學識涵養、扎實的田調經驗、妙語如珠的解說與講課……，皆令筆者佩服不已。二〇一一年，在哲永老師的鼓勵下，參加了梅嶺美術文教基金會所舉辦，由哲永老師指導的「臺語漢學詩文班」（簡稱漢文班）。同一年十二月八日晚間在東石國中圖書館辦理樸雅吟社復社成立大會，班上師生寫詩誌慶。當時我的拙作是這樣寫：

〈樸雅吟社復社誌盛〉
《中華詩壇》雙月刊第六十二期刊

樸雅文峰歷史長，吟聲再起蔚書香。
撰詩作對齊為樂，筆硯相親紹漢唐。

哲永老師一直鼓勵學生們要多寫詩、作對、多參加比賽。初入漢文班，年少輕狂，自己總認為寫詩沒甚麼，就學期間背過、考過、默寫過；不就是依著格律：七言、五言、絕句、律詩、押韻、平仄、對仗……要像李白、王維、孟浩然、杜甫，寫的詩用詞用字平淡無奇，流暢易懂，應該不難吧！然而真正寫詩時才知道自己學識貧乏，詩才淺薄。出韻、夾孤平、重字、犯大韻、太淺白沒有詩意、合掌對……，能犯的錯幾乎都犯過。幸好老師和師母總是不厭其煩地一一糾正，讓自己的東西看起來有像詩；以至於到後面自己也皮條了、膽子大了點、也豁出去了，就寫嘛！反正老師和師母會改，會把關，錯了再改就好了！反正我是學生嘛（學生有犯錯的權利）！雖然如此，每次拿到課題總是要到最後關頭才勉強生出來。寫詩真的不容易呀！要搞懂詩題、要從一堆韻腳中找出可以用的字，還要湊成詞、湊成句子，要合平仄，要注意起、承、轉、合，還要能達意、讓人一看就懂。除了不斷翻閱資料外，很多獨處的時候：開車、洗澡、走路……腦海中都是在推敲。以前的詩人應該很少被指定題目吧？（看看這些留傳下來的）而現代的我們是為了練功也罷、為了應酬也罷，每回寫詩，腦細胞總是死了不少，所以當嘉義市詩學會以「詩汗」為題時，心中那個「難」終於有機會說了，或許是詞宗也曾體驗過，深中他心意，所以選我這首詩為狀元：

嘉義市詩學研究會二〇一四年七月份
詩題：詩汗（元）
《中華詩壇》雙月刊第八十一期刊

枯腸索盡作詩篇，鍛字翻書把句填。
反覆推敲難得意，方巾已溼掛窗前。

這些年樸雅吟社在哲永老師帶領指導之下，人才輩出，參加各地徵詩、吟詩比賽成績豐碩。上課除了詩法、文人調吟詩外，舉凡詩壇典故、十五音、漢音變調規則、臺語字典用法、千金譜、聲律啟蒙、國文讀本、俗諺、謎猜、歌謠、名文佳句、校外教學……通通都是上課內容，除了教作詩，也為學生的文學底蘊築基與扎根。近幾年在高明寺陳浚沂、陳英毅兩位董事長的支持下，每週四晚上，固定於高明寺內虎邊教室上課，老師口若懸河、滔滔不絕、幽默風趣致使課堂上笑語不斷。師生或讀、或吟、或唱，樸雅吟社及臺語文化也因此能代代傳承綿延流芳。有感於此情境，我寫了這首詩以表達感觸：

〈高明寺夜讀感詠〉

群賢寺裡學詩文，乍爇爐香帶月焚。
古調吟哦經典識，餘音繚繞滿歡欣。

樸雅圓我夢（曾素香）

我在女師專畢業後，旋即考上北市教師甄試，也有機會報考夜間大學繼續進修。大三盼到了詞選課程，期中考曾以一首詞牌〈采桑子〉，題目：懷舊（第十三部平聲，二十一侵韻獨用）：

殘英遍地秋風瑟，院落深深。酒肆歌沈。舊日芳霏未可尋。
白蘋水淺江天闊，寂寞芳心。獨自沈吟。一鳥孤飛入浦深。

得了班上最高分，頗受教授青睞，被大大稱讚一番。孰料一場突如其來的意外事故，病中需要有人照顧，那時外子任教於南部的大學，只好休學南調高雄市某國小。癒後生兒育女，加上買房繳貸款的壓力，只好放棄學業，早早步入斜槓人生，在國語日報教作文之餘，也以寫短篇小說、雜文等賺取外快。但嚮往寫詩詞的夢，就像埋藏在心底深處的一粒種子般伺機而發。

轉眼間，年屆古稀，除了照顧兒孫之外，已沒任何企圖心。誰想到半世紀後，這粒即將乾枯的種子，卻在異鄉加拿大溫哥華萌芽，二〇一九年因一場海外華人春節對聯競賽，幸運得佳作而信心大增，決定重新投入古詩詞創作。可惜請教無門，只能寫一些不合格律的打油詩自娛。

二〇二一年農曆春節，巧遇六十年不見的老同學，相見甚歡，無意中他聊到其弟正是樸雅吟社的指導老師——漢學達人黃哲永大師，讓我如獲至寶，迅雷般直接加入詩社，而且隔天就開始上課。承蒙老師和師母耐心教導，指點迷津，竟在短短的時日內學會了五、七言絕句、對聯，甚至五律、七律也略有心得。更幸運的是投稿評審後，有的榮幸獲得十名內，有的入選優，有一首甚至得到了榜眼的榮耀。看到自己的作品，刊登在詩刊雜誌上，真的好興奮、好有成就感，我終於圓夢了。要特別感謝師母辛苦的校正，拙作有些正投稿中，僅列舉幾首已刊登過或未投的如下：

嘉義市詩學研究會二〇二一年二月徵詩：曝背（第10名）
《中華詩壇》雙月刊第一一六期刊

千山雪凍凜風吹，浪漢無家嘆可悲。
暖日姍姍臨大地，春陽晒背解愁眉。

嘉義市二〇二一年三月徵詩：迎辛丑年（優）
《中華詩壇》雙月刊第一一七期刊

歲月奔馳似箭飛，人間送舊喜春歸。
牛年順利平安報，病毒消除轉契機。

宜蘭縣仰山吟社第十二期全臺徵詩：抗疫（左眼　右35）
《中華詩壇》雙月刊第一一八期刊

山河變色疫情傳，舉世遭殃萬萬千。
寶島官民齊合作，專家部署喜超前。

〈春望〉

時序如輪自運旋，人間不覺又經年。
緋櫻初綻飄山嶺，綠蕚新萌向暖天。
別戶迎春同桌慶，吾家辭歲異情牽。
疫災阻路難團聚，祝願蒼神可見憐。

〈德不孤必有鄰〉

大方供口罩，德澤眾人誇。庚子災情斷，牛年黑影遮。
疫苗當務急，民庶怨聲譁。美日危機解，敦鄰福報加。

以前聽聞：「人生緣何不快樂，只因未讀蘇東坡。」層次僅止於欣賞，今親自體驗創作的樂趣和成就感，算是昇級版的快樂，正如拙作對聯詩畫七唱所言：「人生有味親書畫，世道無常近樂詩。」

自從進入樸雅吟社，生活過得很充實，無三級警戒宅家的苦悶。因哲永大師博學多聞，民情采風逸趣橫生，線上聽不厭的漢學知識；同學們更是臥虎藏龍，個個都是人才，可說高手如雲，分享很多寶貴資訊；寫不完的詩題徵文和吟唱活動，雖然有「淡薄仔」壓力，但可藉此鞭策自己多看書，吸收新知；激勵自己多動腦，減緩老年失智，豐富餘生，對個人來說，真正體現了「活到老學到老」的樂趣。

漢詩漢文的學習之路（蔡忠憲）

（一）拜師學藝

我和黃哲永老師初次結緣，是在二〇一四年五月間，嘉義縣環保局環教志工訓練課程，老師風趣的授課方式，深深吸引我，利用休息時間和老師開聊了一下，當下購入老師所帶來僅有的三本編著書（《讀冊識臺灣》、《鄉土迷》、《和囝作伙看圖識字》），因有感於導覽解說時，需有字正腔圓之漢語表達及解說技巧，同年九月有幸受黃哲永老師啟蒙，加入「梅嶺——樸雅吟社漢文研習班」，從此和老師結下不解之緣。

老師的教材非常多元，最讓我深感挫折的是臺語發音，自認為能說一口流利的臺語，但當老師說，臺語有十五字聲母、四十五字韻母，相乘組合而成，每音又有七聲八調，真讓我頭皮發麻，在不得要領中，慢慢融入於臺語文的世界裡。

課程也會有詩詞賞析、古典詩、對聯創作、吟詩等，特別的是，下課後會有作業。我是學校總務非常忙碌，要寫詩只能利用晚上創作，經過老師批改，慢慢掌握到要領，有時不須修改就過關，甚為高興。常常向初學者自嘲：「我創作七絕二十八字，老師修改二十五個字，其中三個字沒改，因為是題目。」以此勉勵初學者要勇於挑戰，不怕錯誤，有錯改過才會進步。

老師要求除了寫詩也要會吟唱，而且要吟正統文人調：「每句的第二字或第四字，若是平聲，須依上平與下平作不同的吟法；仄聲部分則以朗讀之美化為準則。」課題詩〈颱風假〉，是我在成果發表會上第一次上臺吟唱，雖然當時有些緊張，但也奠定了往後參加各種吟詩表演或比賽的勇氣與臺風。

颱風假（樸雅吟社課題）

《中華詩壇》雙月刊第八十六期刊

颱風警報促提防，氣象多端應變忙。
上課停班難滿意，褒揚貶抑兩非常。

（二）喜獲第一面金牌

第一次參加全臺性擊鉢詩會，是在二〇一五年十二月二十日假雲林斗南群星餐廳，舉辦中華民國傳統詩學會第十四屆第一次會員大會，現場次唱詩題〈群星拱月〉，詩韻十一尤韻，左詞宗：林正三先生，右詞宗：陳國勝先生，限時三小時。只見現場多為白髮斑斑長者，振筆疾書，不時翻閱手中資料，深感敬佩，第一次有如此社會經驗，和老師們一同競賽，緊張又刺激，寫好再經過老師潤飾後交卷，靜待唱名揭曉成績，這次分別得到「右58，左100」，獎狀加獎金令人開心不已，師母則獲得金牌獎狀，讓我下定決心立下目標。

有了擊鉢詩比賽經驗後，詩詞創作字字斟酌，用心推敲，有天忽然跟師母說，我寫詩都寫到「眼花」了，師母還以為是我累了，但她很快就意會我在說我一首詩得榜眼，另一首得探花。接續也曾有得狀元作品，惟都是地方性比賽，直到二〇一七年十二月十六日，中華民國傳統詩學會第十四屆第三次會員大會，首唱詩題〈丁酉年冬至書懷〉（時天詞宗為蔡中村先生、地詞宗為簡華祥先生、人詞宗為吳春景先生；19名，天94，地46，人102），終於如願獲得第一面金牌獎狀，迄今，共獲三面金牌獎狀。

群星拱月

（傳統詩學會，次唱，右58，左100）

《中華詩壇》雙月刊第八十六期刊

群星布列月當頭，墨客雲林任暢遊，

傳統詩文須惜顧，宣揚國粹仗名流。

臺灣海峽遠眺（雲林詩學會，右1）

《中華詩壇》雙月刊第九十一期刊

先民渡海史堪稽，黑水溝深望眼迷。

由北波流心忐忑，向東船逆浪高低。

三留六死生何幸，萬苦千辛獨自淒。

遠眺今朝思舊事，天妃庇佑拯群黎。

八里記遊（雲林詩學會，右1，左14）
《中華詩壇》雙月刊第九十三期刊

十三行館遠馳名，鐵器砂陶出土驚。
遺址先民懷過往，暢遊八里起幽情。

雙颱鬧中秋（嘉市詩學會眼）
《中華詩壇》雙月刊第九十二期刊

雙颱路徑倍傷神，暴雨侵臺苦庶民，
難賞銀蟾兼烤肉，此回失卻享天倫。

雙颱鬧中秋（嘉市詩學會花）
《中華詩壇》雙月刊第九十二期刊

莫蘭蒂暴浪翻銀，馬勒颱風後比鄰，
月到中秋難照亮，異鄉遊子念慈親。

丁酉年冬至書懷（傳統詩學會，首唱，19）
《中華詩壇》雙月刊第九十七期刊

歲寒丁酉一陽生，冬至搓丸慶太平。
紅白雙雙添福壽，鹹甜粒粒見鮮明。
暢懷飲酒常吟樂，醉眼題詩百感盈。
此後晝長天漸暖，花開遍地踏春行。

(三) 推廣環境教育融入詩詞、歌謠、民間文學

嘉義縣馬稠後環境教育中心整合鹿草垃圾焚化廠、荷苞嶼生態園區、柴油車動力計排煙檢測站空間，是全臺首座擁有空、水、廢環保議題的環教場所，並通過環保署環境教育設施場所認證，筆者擔任嘉義縣環保局環境教育志工，在荷苞嶼生態園區導覽解說。除了環境人文之外，也介紹臺灣欒樹、玉蘭花、苦楝樹，我會帶入自己的詩作。

蔡忠憲〈嘉義縣樹縣花〉

蕊黃葉綠掛燈籠，耀眼初秋色豔紅。
世界排名金雨樹，臺灣特有苦苓公。
玉蘭珍貴芬高雅，庭院清香氣貫通。
縣府擇優民票選，諸羅花木蓋群雄。

(四) 樸雅吟社公基金制度

鑑於吟社整體經費運用，二〇一七年五月起，全體同意訂立獎金捐助規則，每次比賽個人累積四百元以上捐四分之一，舉凡上課茶點水果、出遊聚餐、補助車馬費等聯誼活動增進情誼，隨時公布運用情形，迄今，尚結餘三萬餘元，其中，虎科大李玉璽教授創作快速，有生蛋機之稱，每次出征皆獲得高額獎金之機會，貢獻基金最多。

(五) 古典詩創作自娛娛人

回想參與樸雅吟社已有七年，詩作累計百餘首，學習之路從充滿挫折感中，慢慢漸入佳境，參加各種徵詩、吟詩比賽，從入選、花、眼、元、優選、金牌獎狀、獎金等，自己立下的目標也都能慢慢實現。二〇一六年九月適逢嘉義市文財尊神聖誕，筆者為表敬意，特於

神明前吟詩表達祝賀之意；學校分部主任二〇一八年二月感謝宴中亦吟詩表達謝意。雖然工作，志願服務及成長學習，讓自己沒有太多的閒暇時間，只要做好時間管理，按部就班，一步一腳印，自能樂在其中，因此，內心充滿喜悅及感謝。

〈天官文財神聖誕千秋〉

文財殿祀比干公，賜旨尊神地位崇。
慈善基金扶弱勢，午餐學費助兒童。
祈安法會佳餚獻，贊普開香果品豐。
藝陣北南齊祝壽，靈威顯赫感恩隆。

〈賀林本喬主任榮退〉
《中華詩壇》雙月刊第九十八期刊

承擔主任十周年，化雨春風學識淵。
榮退長庚留典範，永銘教澤感心田。

〈家慈榮獲二〇一九年民雄鄉模範母親喜賦〉
《中華詩壇》雙月刊第一〇五期刊

阿娘養育四孩兒，甘苦家庭共護持。
學畢功成供職業，男婚女聘各佳期。
社區服務多勤快，橋路設鋪常忘私。
模範母親欣獲獎，融和闔第報恩慈。

〈獲頒優秀詩人獎有感〉
《中華詩壇》雙月刊第一一五期刊

職司總務任長庚，承繼良田喜稻耕。
環教志工推減碳，心陶墨瀋作尖兵。
臺羅漢學知音調，增廣賢文頌讀聲。
肚轉腸鳴思五絕，腦疲汁盡入三更。
騷壇振藻師兼友，鷺侶題詞弟與兄。
優秀詩人欣獲獎，賦吟逸韻謝群英。

我在樸雅吟社學習臺語漢文傳統詩的歷程與心得（簡美秀）

筆者於二〇一五年八月退休，一個偶然的機會，看到梅嶺文教社區大學的招生簡章，有黃哲永老師指導的「臺語漢學詩文班」，於是報名參加，每週四晚上開始在高明寺的教室上課。回想起一九九一年曾參加彰化縣傳統詩研習，一九九五年參加東石鄉立圖書館的讀書會——古文詩詞研究，都接受過黃哲永老師的教導，還有要感謝黃哲永老師協助，筆者於二〇一四年完成中正大學臺文所碩士論文《黃傳心的生平及其竹枝詞研究》。目前拙作《黃傳心的生平及其竹枝詞研究》已授權嘉義縣文化觀光局出版（修訂待梓中）。現在有機會能繼續跟隨黃哲永老師學習傳統詩創作與臺語吟唱，並參加各項比賽與表演，獲益良多。

黃老師教學內容豐富多元，授課方式幽默有趣，傳統詩從七言絕句入門，學習辨別平仄（尤其是古入聲字表要熟記）、押韻、對仗等，接著練習對聯、七言律詩、五言絕句、五言律詩。老師更鼓勵我們多閱讀相關資訊與詩作，一定要練習寫寫看，不斷的寫，不斷的更正，才會進步，尤其是經過老師與師母專業又細心的指導，筆者略有進步，也學會「抓虱」，看到別人的錯誤，可精進自己，避免犯同樣的錯誤。

感謝黃老師的推薦與指導，筆者於二〇二〇年為東石港大厝內代天娘娘新廟撰寫楹聯五副，村民們都說寫得很好，筆者非常開心，能應用所學為在地新廟盡一己之力。楹聯如下：

（一）
代護延陵海國咸寧三姊妹
天維寶島漁村永祀眾神仙
（二）
代察民情法雨均施千舸穩
天留聖蹟慈雲廣布萬家安
（三）
代巡蟹舍福錫猿江離苦海
天眷漁舟神留石港指迷津
（四）
延譽詩豪揚禮法
陵霄祖德振儒風
福垂海國神威護境千秋盛
德溥猿江瑞氣招財百姓安

謝謝虎尾科技大學李玉璽教授的推薦，筆者於一〇八學年下學期空大嘉義中心擔任〈對聯的文學趣味〉面授教師，因疫情關係，改為線上學習與視訊教學，對筆者是一大考驗與挑戰，很認真閱讀教材與備課，批改作業與考卷。其中最欣賞林則徐的一副對聯：海到無邊天作岸，山登絕頂我為天。

最令筆者驚喜的是學會臺語文人調吟唱，而且能上臺表演與比賽，這都要感謝黃老師指導有方，除了期末成果表演，二〇一八年嘉義縣的世界茶博會也上臺表演，二〇一九年與二〇二〇年則參加嘉義市尋鷗吟詩獎競賽，分別獲得古典詩文人調組佳作與進士獎。

寫詩方面，筆者經常參加徵詩比賽，比較刺激的是參加各地聯吟大會的擊缽詩比賽，現場出題，限時寫作，當天評審、頒獎。還有黃老師出的課題詩要寫，每月也會參加嘉義市詩學研究會的徵詩與徵對聯，給自己很多練習的機會。最後分享拙作六首獲得狀元的七言絕句如下：

雙颱鬧中秋

《中華詩壇》雙月刊第九十二期

雙颱擾亂節良辰，四日連休樂晤親。
雖是天災難賞月，闔家歡暢滿堂春。

申冬即事

《中華詩壇》雙月刊第九十二期

家家購網置蚵園，蝦蟹迷津陷阱藩。
屢獲紅蟳嚐海味，申冬喜樂滿漁村。

迎新歲

《中華詩壇》雙月刊第九十九期

金犬迎來瑞氣酣，春臨寶島見晴嵐。
工商發達財源進，展望前程碩果甘。

秋色

《中華詩壇》雙月刊第一〇三期

楓丹蘆白慮全紓，欒樹繽紛媚眼舒。
柚桂傳香穿戶牖，吟秋覓句步庭除。

龍舟競渡

《中華詩壇》雙月刊第一〇七期

彩繪龍舟競技歡，齊心划槳奪標竿。
乘風破浪如飛箭，蒲節追思感百端。

踏青

《中華詩壇》雙月刊第一一七期刊

漫步春郊望眼舒，風鈴苦楝影扶疏。
花間隧道人潮湧，奼紫嫣紅博美譽。

兩副獲得狀元的對聯：

茶酒　五唱

《中華詩壇》雙月刊第九十九期

寂寞村莊茶店少，繁華海市酒家多。

天地　六唱

《中華詩壇》雙月刊第一〇〇期

父母恩深如地厚，夫妻情重比天高。

學漢文的日子（李奕璇）

加入詩社已即將邁入第四年了。在三年前我的生活背景、工作領域、親朋好友，都跟漢文、臺灣文學毫無關係。大家都只知道讀書畢業後要去工作賺錢，最好考公家機關。朋友之間談論的話題也仍只限職涯發展、投資理財。文學是甚麼，能吃嗎？

因而國中畢業自然而然去讀了商學院，開始埋首於經濟、會計、統計等學科，從此我與文學就更加無緣。直到踏入職場一段時間後，我竟沉迷於布袋戲，為此還想去當編劇、想當操偶師、想當臺語配音員。也就在沉迷的那幾年間，我開始從中學習所謂的臺語漢文。

看布袋戲學漢文其實比較像蒙著眼睛走路，看不清全貌，也常常岔歪道走偏門去。更把布袋戲中的用字、發音都視為聖典。我甚至還因此跟人在 PTT 上筆戰過戲裡的用字遣詞、發音正確性，護航護到家，但也時常 Google 完之後發現，我好像沒有那麼正確？所以只好更加用力的爬文，去買或去圖書館找用臺語唸唐詩三百首之類的 CD、書籍。就在這時注意到號稱藏書界竹野內豐的粉絲頁「活水來冊房」，那些逴逴長的文章，述說著我那個年代的不管是國文課、歷史課都沒有教的臺灣歷史、風土民情，至此我的心靈感到震撼，並以這些文章一點一滴地矯正自己的觀念。

所以當黃震南先生在臉書上介紹「梅嶺文教基金會臺語漢文班」時，就非常吸睛。我也這才知道原來臺語、漢文可以拿來上課教書！雖然遠在朴子（我是臺中人），但顯然身為一個臺語人（自稱），就是應該要學著用臺語讀漢文。所以觀望了幾年後，終於鼓起勇氣打了報名電話。

這個基金會旗下的漢文班，一學期學費一千伍佰元，而從臺中來的油錢、過路費一趟路約七、八佰元，一學期十幾堂課。我的朋友都覺得我有病，連我媽都愛碎念我浪費時間，但我至今仍認為這是我這輩子做過最好的選擇。

不過的確在剛開始的頭幾堂課，我老是有種「我是誰？我在哪？」的徬徨感，因為老師「+200」的語速配上南部腔，還有很明顯的、臺中人已經幾乎消失不見的第八聲調，在在都衝擊著我的聽力。

一直以來我還以為我是同齡人中臺語最好的，所以老師那種連珠炮式的說話方式真的讓我懷疑人生好一陣子。加上頭幾堂課，老師花了很多篇幅講寫古典詩的要領。咦，我以為漢文班就只是用文讀音去朗讀三字經、古文觀止、頂多再背一背空城計不是嗎？原來還要自己寫？到這邊我才明白，「這個臺語漢文班跟我想的不一樣！」

頭一週師母就各種威逼利誘，叫一票新同學也要開始跟著寫課題詩，還要求符合格律、押甚麼韻寫七言絕句。而師母講話的速度又跟老師有著極大的反差，師母講話之慢，慢得很清楚明瞭，清楚到沒辦法用「聽漏了」、「沒聽清楚」之類的理由搪塞過去。所以我只得乖乖交了我人生中的第一首符合平仄格律以及有押韻的古典詩。

可能是新手運爆發，剛加入沒多久，在二〇一七年十月投稿嘉義市每個月一次的徵詩活動，當月的詩題是〈新秋感詠〉，投了兩首詩作，竟然有一首幸運得元（第一名），讓我在這邊獻寶一下：

新秋感詠（元）

《中華詩壇》雙月刊第九十七期

村庄古道桂花馨，時有涼風擊玉鈴。
縱是秋聲揚萬里，凝眸仍見遠山青。

隨後又在中華民國傳統詩學會的幾期徵詩中獲得佳績：

閫外英雄（第20名）

《中華詩壇》雙月刊第一〇〇期

競試何能辨智庸，黃金榜上竟藏鋒。
無妨蘊聚高飇志，且效南陽作臥龍。

阿堵物（第46名）

《中華詩壇》雙月刊第一〇二期

汲汲營生眾所追，為他瘦悴近乎癡。
雖言阿堵通神鬼，搖過忘川富不隨。

秉軸持衡（第7名）

《中華詩壇》雙月刊第一〇七期刊

治國需將杼軸提，廣羅睿略蔭群黎。
莫云政事高深理，當棄偏私掃執迷。

之後又陸續寫了幾十首五絕、七絕、五律、七律、排律、對聯等等，也跟著學長姐們加入「中華民國傳統詩學會」，一起去了幾次大會現場，賺飽了寫詩的經歷。這些經驗對我來說全都彌足珍貴。而很遺憾的，在大會現場看到的與會者年齡偏高，這種趨勢不免令人擔憂。推廣臺語漢文是很大的挑戰，加入詩社後看到的整個大環境是更嚴峻的道路，不過我們樸雅裡面現在人才濟濟，我很慶幸能身為其中一員，希望老師、師母跟其他同學們不要棄嫌我不認真。

還有一個在漢文班中學到並更新我人生觀的，是「吟詩」這件事。過去孤陋寡聞的我，在面對傳統臺語漢詩時，其實沒想到吟詩是真的要將之吟唱出來，因為十幾年間接受的教育裡，從來就沒有人教過我。長大之後看布袋戲中人物吟詩時，也大多只是邊走邊搖把它「唸」出來。所以上課後老師開始教吟詩時，我的心靈之眼真的瞪得比貞子還大。原來，生長在現代的我們，還保有貨真價實的「吟詩作對」，原來古人說的都是真的。

而要想吟好詩，正確的發音是首要重點，因此課間常常傳來老師示範讀與吟的裊裊餘音，而且老師自己吟不夠，很愛點名同學起來跟他一起高吟，這麼多年來班上陸續出了好幾位吟王、吟后。有時我會跟著大家一起參加其他詩社主辦的吟詩比賽，當然是志在參加不在得獎啦，今年很幸運，參加「瀛社第三屆雪漁盃吟詩獎」，獲得了佳作獎。對我來說現階段能跟大家一起練習、討論、互相切磋就很滿足了，因為可見到一次比一次進步，這就夠了。

老師上課的內容非常的廣泛，教材一大堆，除了教前面所說的寫詩、吟詩，還有各地蒐集來的謎猜、無字曲仔、俗語、臺灣竹枝詞、聲律啟蒙、千金譜等等。而從這些教材中總是會延伸出非常多的旁支趣聞、民間傳說，講都講不完，像是王得祿將軍的墓園有甚麼風水祕聞、師公黃傳心的千古絕唱、泥鰍精就是沒有鑽過第一百個彎所以臺灣才會沒有出皇帝等。老師還認識許多臺灣教育界、文學界菁英，或者名人的後代，所以「八卦」資料來源非常豐沛，同學中也有很多博聞強記的學者，大家常常聊這些各地仕紳望族的奇聞軼事。這些都是讓人耳不暇給的珍貴史料。

漢文班中有幾位同學是教師，有時會分享他們是如何啟發學生讀漢文、吟古詩，當他們談論這些事情時，我的心裡有多麼的羨慕忌妒恨。求學時的我非常喜歡上國文課，愛看書，每天背一首唐詩，也稱得上是文藝少女。那時我就曾經寫了一首又一首、一頁又一頁的「古詩」，拿去給老師過目，但當年沒有哪位老師、長輩看了這些東西之後能夠告訴我，古典詩格律有哪些要求、押韻的話可以用哪本韻書、律詩的話對仗起來會非常優美、對仗要注意詞性、具體來說平仄到底是甚麼概念等概論。

當年愛看書，老師們推薦的全都是西方經典文學，中國四大名著也充斥在教材跟生活中，卻極少有臺灣本土的文人、詩人、小說家的作品。所以加入詩社之後我才意識到我對臺灣人、臺灣事的認識原來如此的貧瘠，而當想回過頭去跟家人、朋友介紹臺語漢文、臺灣詩社的種種，大多數人都跟當初的我一樣無知、甚至是毫不關心。幸好我有加入樸雅，現在也才能當個中繼站，將正確的觀念推廣出去。

漢文漢詩學習心得與歷程（康秀琴）

我參加樸雅吟社可說是困難重重，因為家人怕我晚上出門不安全，所以不支持。感謝馮茂松前輩的引導，讓我找到十年前就聽聞的黃哲永老師，因為家鄉的東崙社區曾邀請他來演講，內容精彩萬分，而且臺語又說得韻味十足，令我印象深刻。

剛來上課時，還以為臺語一定很好學，哪知變化那麼多，國語只有四音，臺語卻要七聲八調，搞得我差點提早畢業，幸虧老師教寫詩吟唱挑起我的興趣。從小我對語文、散文，詩詞都很喜愛，覺得能創作詩是一件很不可思議的事，跟著老師和師母的指導，校正，投稿，雖然常常名落孫山，但逐漸知曉詩法後，也能入選不錯的成績。剛學創作時，往往絞盡腦汁無從下筆，查字典、上網找典故、尋資料，仍然一籌莫展，往往徹夜難眠。幸好有師母及時指正與教導，總算讓我有了方向，也克服了困難，創作完成，會有一種騰雲駕霧的快感。且讓我秀一下我的詩作：

二〇一九年龍山寺二百八十週年慶全臺詩人聯吟大會徵詩

寶島采風——我筆寫我鄉之光

朴子大善人陳浚沂（優選）

愛心廣被德留芳，陳董捐輸受表揚。

事業輝騰興教育，聲名赫奕響家鄉。

無私奉獻行仁樂，有識推崇致意彰。

鼓勵關懷存典範，明倫孝悌耀邦疆。

宜蘭縣仰山吟社第三期全臺徵詩：菊（左眼，右22）

《中華詩壇》雙月刊第一〇四期

每逢秋至滿籬開，氣味芳香客採來。

頌詠詩歌千百首，欲題愧我一驫才。

中華民國傳統詩學會第一二九徵詩：中美貿易戰（第20名）
《中華詩壇》雙月刊第一百期

爾虞我詐使王牌，中美經商戰火埋。
科技創新難發展，全球影響眾愁懷。

中華民國傳統詩學會第一三一徵詩：居安思危（第26名）
《中華詩壇》雙月刊第一一〇期

家興國富樂安身，滿外邦交鞏固親。
政黨和諧同敵愾，籌謀有備解危因。

記得小時候最怕老師叫起來念課文，因為一緊張就會口吃，又發音不正確，幼時家裡是三級貧戶，一家六口要餬口飯談何容易，所以無法上幼稚園，數字和注音都是爸爸教的，學習成績還好，只因不想增加父母的負擔，高中畢業後即就業，但休閒時，最喜歡上圖書館看書。加入樸雅吟社，可說是天上掉下來的禮物，意義非凡，社員各個是菁英，老師一說就通，我常是鴨子聽雷，但還是期盼上課，因為學員們對我很照顧，我最怕吟唱，他們卻不厭其煩的鼓勵，電腦不精，社友就幫我上傳報名，今年很幸運，參加「瀛社第三屆雪漁盃吟詩獎」，竟然獲得了佳作獎。

最後要感謝老師和師母還有社員們的提攜，讓我這阿嬤級的人，可以把上課當成快樂的學習，感恩未來創作能有所長進，雖然創作和吟唱的過程有點辛酸，但還是高興萬分，樸雅吟社是我今生最喜歡的社團，更感謝老師和師母不辭辛勞帶領學員們南征北討，成績斐然，也期盼自己能更上一層樓。

感謝與樸雅吟社相遇（柳琬玲）

是一個機緣，與甫回故鄉務農的朋友約定面交農作物，聽聞朴子有此詩社，引發我求知之心，就此踏入漢文學習的殿堂。

一直以來，用臺語吟唱漢詩，以及書寫臺語文，是我心裡的企盼。可能是源自於幼年時的回憶；我的祖父，一個日據時代公學校畢業，水利會退休後隱身蔗田中勞動剝蔗禾，並享受含飴弄孫之樂的老人家，曾在我國小的時候，用短短幾分鐘時間，隨手拈來一首五絕，並用臺語吟給我聽，開啟了我的好奇。之後一路求學、北上就業，這個好奇的種子深埋心中，卻無緣萌芽，直到我遇到樸雅吟社的那一刻。

這班的同學，來自四面八方；如我，是任職於非政府組織（NGO）兼職照料家裡一畝田的歸鄉中年；許多同學是國小老師、主任、主管級的公務人員、大學教授、村里長、農夫等。每週四晚上齊聚於課堂上，聆聽黃哲永老師教讀詩章，帶讀千金譜、無字曲、跟唸聲律啟蒙，與天南地北地發問究理，成為我們這一群人每周的固定功課；我尤其愛聽黃老師聊談地方耆老韻事，與嘉雲南的地方口傳故事。老師與師母，用一世人累積起來的漢學根基，帶領我們這些一知半解的求知者，得以系統性接觸漢學；於是我們這一班成人夜學，就這樣求知若渴地沐浴在臺灣風土醞釀的文化春風中，成為我一週中最開懷與期待的時刻。

學海浩瀚，在同學之中我是學習速度很慢，又不夠專注的莠材，感謝老師與同學的牽成，為我摸索跌撞的歸鄉中年，注入一股精神的活泉，讓我不只身在故鄉，也尋得精神與文化原鄉的入門階。

在樸雅吟社學習心得（林瑞彬）

二〇一七年秋、我第一次騎車到高明寺上課，儘管來之前已多次確認路線，不過還是騎錯路。趕到之後，透過老師介紹同學，才發現自己不是唯一跨縣市來上課的；還有遠從彰化、臺中、雲林等地。而且大家的學經歷，也都各有千秋。顯見老師的上課內容，是不管什麼背景的人都可以接受；而且同學來自幾個不同縣市，足見課程相當吸引人。

初次上課覺得訝異：竟然要作詩而且還要吟詩，當下感覺有點愣然！因為我以為只是來讀漢文而已。老師上課內容範圍廣泛（臺羅拼音、傳統文學、傳統詩創作；臺灣民間故事、俚語、猜謎等舉凡臺灣文學相關都算），而且講述方式也非正規的授課方式；雖然會定出今天要上什麼主題，但是由於老師所學甚廣，而且對於臺灣的歷史掌故也都知之甚詳，因此，即使已經離題了，還是會樂意聽下去，畢竟自己在學習歷程中，根本不曾看過那些文人的著作，就更別說是他們在這塊土地上的事蹟了。所以對我來說這也就是一種歷史課，所謂文史不分家，我想就是這樣吧。

說到作詩，我想自己應該是師母眼中的頑劣弟子，不是沒交稿，就是常常趕末班車——壓在時間線繳交；雖然我並沒有全心全意投入創作詩，不過學習創作詩對我在職場上的表達有裨益，主要表現在如何精準的用字、措辭，還有避免重複使用相同意義的字句。因為最初幾回交作業時，常常被老師指出這個毛病，我才發現：原來我以為已經盡量避免這個問題了，結果只是因為沒遇到更厲害的老師指導而已。所以我覺得創作詩，對職場的撰寫報告幫助很大；畢竟報告得講究敘述精簡準確，如果寫得拖泥帶水、語焉不詳，客戶是很容易誤解的，所以如何在簡短的文字間表達出自己最真實的想法就很重要了！而這一點就跟作詩的要訣有些不謀而合了。

那吟詩呢？這也是老師的強項啊！在記憶中，吟詩這兩個字就只是名詞，因為自己從來沒接觸、認識過任何一位會吟詩的人；儘管國中小時、音樂課本有教一些用譜曲的方式來唱，當時也不覺得那是在吟詩啊！待到開始在高明寺上課之後，才發現原來真的有人會吟詩，而且兼具邏輯性和音韻之美。可能是因為自己學過音樂的關係，對於這個帶有旋律性的吟詩，其實是比較喜愛的；雖然幾次比賽都沒有參加到，但是滿期待有機會可以上臺和其他人來個君子之爭。

另外，適逢近期有跟一個學生合作在準備參與渭水盃漢詩吟唱賽，在跟學生討論時，才理解到：老師教的一些吟唱、朗讀的要領，要讓人家體會是有多麼困難，自己在這個領域上面琢磨得不夠，也沒有什麼特別的教學方法，竟然還敢如同「khit4-tsiah8he7-tua7-guan7」那般，想教人家吟詩；所幸，自己還記得老師曾跟我說過：在吟詩的時候，初期稍微會吟唱時，就要仔細聽、看有沒有什麼錯誤；不然要是練下去、定型了就很難改了。而在練習過程中、也發現為什麼有些地方會一直出錯？明明講過好幾次了，當時才能略懂老師在指導我們這些學生時的心情。最後，吟詩要吟得好，就如同老師常說的：「要聽過很多人吟詩、再加上自己也吟了很多詩之後，才能淬鍊出自己的一套功夫。」

很高興自己有這個緣份來學習這些屬於臺灣文壇的絕學；私以為一個民族的文化，並不只體現在那些有形有象的古蹟、文物、儀禮；背後的文化意涵，其實在文學著作以及語言上。這段時間除了課堂上對於傳統詩的創作、傳統文學（如：千金譜、昔時賢文等）的學習之外，也傳授怎麼以純正的漢文音來讀這些著作；還有民間故事、臺灣本土的謎猜、俗語等文學著作的講述，這些內容在在的讓我了解到臺灣本地的文化底蘊是相當深厚的。相信同學們在老師的薰陶之下，未來都會是傳統文化推展、發揚光大的主力。

我在樸雅吟社快樂地學習（林世崇）

自二〇一四年在嘉義市社區大學受教於黃老師「臺語漢文班」課程一學期，而後移地朴子，由梅嶺美術基金會開班於高明寺的臺語漢文班，從未間斷學習迄今已逾八年。當初是本於對母語沒落的危機感及對終生學習的一個嘗試選擇。毫無意外，學然後知不足，且是趣味盎然。

樸雅吟社在歷史洪流淬鍊下，於二〇一一年復社，除了有志之士登高一呼外，最主要的靈魂人物當屬教席人物，所幸黃老師的存在，擔任「全臺詩」總校的黃老師成為不二人選。黃老師和師母熟悉地方文史古蹟，田野調查經驗豐富，自幼醉心詩詞文藝，得獎無數，著作等身，藏書汗牛充棟，更在六〇年代與多位漢文先就近傳承，九〇年代參與閩南語教科書用字計劃用字審查，加之職場解說員練就……臺語漢文實務經驗豐富，堪稱一方名師。幾年下來，使命感心切，教案更新不斷，教法與時俱進，漸成臺灣活力旺盛的民間詩社團體。筆者就近觀察及親身參與詩社活動，歸納幾項樸雅吟社當前特色：

（一）「切音」與教育部「臺羅」並行：傳統詩以文言音頌讀，臺人過去漢字以康熙字典、中華大字典、彙音寶鑑、國臺音通用字典切音，黃老師除了傳授上述字典以字求音、以音求字之外，另教其精通的部頒臺羅拼音方案，讓字音可以和當前學校教的標音方法無縫結合。

（二）傳統詩「創作」與「吟唱」同時進行：吟詩可以更深刻體會詩文的韻律流動美妙，對於創作推敲用字起到關鍵決定，一首好詩吟起來必定流暢順口，黃老師要求學員學吟詩自有他獨到的遠見。配合傳統詩學會及各地詩社徵詩、吟詩競賽，鼓勵學員踴躍參加。他山之石可以攻錯，交流探討可以增廣見聞，每參加一次競賽，都在累積學員寶貴的實務經驗。

（三）教材內容豐富：由於黃老師個人博學多聞，除了傳統格律詩創作教學外。傳統漢文教材如三字經、千字文、千金譜、聲律啟蒙，經典篇章等無一不收入書包並在課堂頌讀，求音義之理解。「全臺詩」更是節錄先賢經典作品，帶領學員賞析標注臺羅拼音，一舉數得。另外其個人田野調查經驗，著書內容亦在課堂分享趣聞，課堂從不枯燥，但覺每次兩小時太匆匆。當然這麼豐富的內容不可能一年，甚至三年講完，這八年來除了字典與臺羅拼音會重複以外，一直都跟著黃老師讀新的內容。

（四）學員多元活力旺盛：學員從事教育事業者幾達半數，其餘來自多元領域工作者，只少數職場退休者。年齡相較其它詩社可謂較年輕，較有活力，這從每次全臺詩會現場可見端倪。之所以有此多元學員的原因，主要是拜黃老師個人高知名度，被其個人魅力吸引所致。

（五）快樂教室輕鬆學習：朴子高明寺的左廂房，每週四晚間七到九點有一群來自各地的漢文愛好者，暫拋一天的疲累，在白板下享受黃老師滔滔不絕、口沫橫飛、汗流浹背的教示；沉浸在他臺語漢文的優雅有趣情境裡，時而傾耳辨音，時而聽聲爆笑。師母的細心輔佐助教，還有熱心的李博士穿梭引領，讓親切的教室氛圍更加熱鬧，我是幸運的學員，能在快樂的學習環境中吸收最健康的養分。

樸雅吟社尋寶（徐大年）

（一）起鼓說從頭

二〇一七年退休前我興起學習臺文的想法，也動念想挑戰閩南語中高級認證，於是便開始積極報名參加各場次閩南語認證研習、努力學習臺羅拼音，並在二〇一七年退休後一舉通過閩南語中高級認證。

二〇一八年因緣際會報名參加了嘉義縣政府舉辦的「詩情話義古典詩創作產出型研習」，我寫出了六首人生中首次符合格律的七言絕句，並在同年九月加入樸雅吟社。

此後，我彷彿進入了一座巨大寶庫，原本以為是來學作詩，結果還學會了吟詩、讀漢文、十五音、臺灣漢詩、本地俗語、鄉土故事、千金譜、聲律啟蒙等，好像逛好市多一樣，進去就不想出來了！假日也時常跟著老師參加各地詩會比賽擊鉢詩、吟詩，這才發現：本以為古人才在做的事情，原來現代臺灣人還持續在做呢！那些潛藏在內心深處幾十年的種子也開始蠢蠢欲動的冒出芽來！

（二）吟多意有餘

本社吟詩主要採文人調（又稱秀才調）。吟詩是朗讀的美化，吟唱時應「依字行腔」，同時也要注意「構詞」本調及變調的變化。所以吟詩首要基本功就是：熟悉閩南語的七聲八調、了解其變調的原理規則、適當的斷句，最後加上好的音感，便能將吟詩表現出基本的水準。因為我中小學以來都是學校合唱團或合唱班成員，憑著多年合唱訓練的基本功，很快就在老師指導下掌握吟唱技巧，陸續在幾個全臺性吟詩比賽中囊獲佳績：

尋鷗吟詩獎：二〇一九年秀才獎、二〇二〇年進士獎（第4名）。

瀛社雪漁盃吟詩：二〇一八年優選（第2名）、二〇一九年佳作（第7名）、二〇二〇年優選（第2名）。

灘音吟詩比賽：二〇二〇年佳作。

嘉義縣吟詩比賽：二〇二〇年教師組第一名。

透過吟詩，藉此認識了許多臺灣先賢的作品，如：吳德功的「割臺有感」、謝雪漁的「秋風嘆」、張禎祥的「潋園即景偶成」等，這才驚覺一直以來，我們只知道背誦唐詩三百首，卻忽略了臺灣也有一群優秀的詩人，留下許多具有時代性、在地性、生活性的作品，經由吟詩，也讓我徜徉沉浸在臺灣古典文字美學之中！

（三）詩聯情倍多

進入樸雅吟社領會到第二件重要的事，就是了解傳統詩與對聯的格律與書寫規則，比如：罵題、重字、韻腳、出韻、犯大韻、夾孤平、三平尾、對仗等，跟從前國文課老師所教的概念完全不同，原來不是ㄥ韻，而是一東、二冬韻。非韻腳字不能入韻，否則就是出韻。這些訊息完全刷新我對寫傳統詩的三觀，以前寫詩在網路查詢七言絕句的平仄表，以為跟著平仄寫就對了，完全不知道我以為的國語平聲字，有些卻是漢語入聲的仄聲字，比如：學、德、得、合、菊、佛等，更別說會有押錯韻腳的事，以為押一ㄣ韻，只要有一ㄣ的字都可以放進來，我想這應是大家對寫詩共同會犯的誤解。

除了對格律的誤解外，另外一個大迷思就是：「大家都以為詩人好厲害，全憑一顆腦袋就可以寫出如此優雅的辭藻或對句，所以要寫詩就要背誦很多詩，還要有超強記憶體，把這麼多辭彙全部收藏在腦袋裡！」事實上，古人寫詩也有工具書，如：《聲律啟蒙》、《玉堂對類》、《詩學含英》等，幫助你查找適合的詞句，更何況現在資訊網路發達的時代，只要在電腦打入關鍵字搜尋，就可以隨時找到許多資料、網站，讓你辭彙量大增，再也不用白髮搔更短的想破頭寫對仗。（話雖如此，我還是常常寫對句寫到想撞牆）

寫詩不只可以參加比賽，還可以記錄生活中的點點滴滴。詩風不僅可以雅、也同樣可以趣，它豐富了我退休後的生活，不致單調到乏善可陳。以下是我參加比賽獲獎的詩：

詩題：文化創新（第16名）
（中華民國傳統詩學會第十五屆第一次會員大會次唱）
《中華詩壇》雙月刊第一〇三期刊

傳承文化本初心，博採他山百鍊金。
激盪交融齊並進，創新守護莫相侵。

詩題：崎頂新樂園（左20）
（苗栗縣國學會主辦慶祝108週年端午詩人節次唱）
《中華詩壇》雙月刊第一〇六期刊

西濱揚美景，崎頂樂遨遊。馬戲驚心秀，狐萌縮手羞。
潛身飆漆彈，漫步渡船頭。萬象森羅趣，神怡且忘憂。

詩題：秉軸持衡（第11名）
（中華民國傳統詩學會第128期徵詩，得詩151首）
《中華詩壇》雙月刊第一〇七期刊

疇咨熙載眾心齊，鼎鼐調和育庶黎。
秉軸之鈞天下治，何憂惡語弄讒詆。

詩題：臺北考棚（第6名）（臺灣瀛社詩學會一百十週年慶全臺詩人聯吟大會擊鉢吟首唱）
《中華詩壇》雙月刊第一〇九期刊

生童應試路迢遙，裹足遷延意慮焦。

好義騰雲捐寶地，籌謀行署惠新苗。
文風鼓舞芝蘭盛，舊址經營草木饒。
瀛社慶逢迎百十，考棚傳世顯彰昭。

對聯：文筆　三唱（花）
（嘉義市詩學研究會第100期詩鐘）
《中華詩壇》雙月刊第一〇六期刊

春秋筆寓言褒貶，月旦文評論是非。

對聯：神佛　二唱（元）
（嘉義市詩學研究會第106期詩鐘）
《中華詩壇》雙月刊第一〇八期刊

拜佛何如餘念斷，求神試向寸心參。

（四）漢文傳聲美

除了吟詩作對外，黃哲永老師也帶領我們研讀漢文，學習臺灣早期讀書人所讀的書。閩南語有七聲八調，相較於華語，的確較為複雜，所以……也曾聽人說：「吟詩、讀古文用華語念就好了，何必要特別去學漢音？」如果我還沒學漢文，我可能會認同那些論點，因為我就是個門外漢，無法體會漢音之美。而當我入了門之後，我才發現這些詩詞古文除了文詞典雅外，其實還有聲音之美，而聲音之美是你不用漢語唸，就不會發現的隱形寶藏。且閩南語具備的七聲八調，加上變調，說起來語調變化多端，就像五線譜上的音符般好聽，又豈是只有四聲變化的華語所能夠相比的呢？

舉例一：近朱者赤，近墨者黑。用華語念：ㄐㄧㄣˋ ㄓㄨ ㄓㄜˇ ㄔˋ，ㄐㄧㄣˋ ㄇㄛˋ ㄓㄜˇ ㄏㄟ（ㄏㄜˋ）感覺沒甚麼特別的！但其實魔鬼就藏在細節中，用漢語念：kin tsu tsiá tshik，kin bik tsiá hik。發現了嗎？它是鬥句押韻的，這是聲音之美！

舉例二：君不見，黃河之水天上來（ㄌㄞˊ），奔流到海不復回（ㄏㄨㄟˊ）。用華語念還是沒啥特別的！但用漢文唸時 kun put kiàn，hông hô tsi suí thian siōng lâi，phun liû tò hái put hiū hâi。它也是鬥句押韻的，這就是聲音之美！

想一想，當年李白寫下這豪放絕美詩句時，用盡心思押的韻傳唱千古流傳至今。而如今的現代人卻一句無知的「用華語念就好啦！」否定了漢語朗讀吟誦詩詞古文的重要性，將如此音韻之美就這樣在我們手中成為絕響，想到即將喪失的文化底蘊，真是深感愧對歷代詩人！

（五）末代漢文先

黃哲永老師及邱素綢師母可以說是樸雅吟社最重要的靈魂人物，也是臺灣傳統詩界的典範夫妻。收少少的學費，卻有最高 CP 值、豐富多樣的教學內容，像7-11便利商店一樣二十四小時無差別服務，總會在開學前把新師弟妹叫到家裡做勤前教育也不多收一分錢，更常常捐出自己的鐘點費請大家吃水果點心。最讓我景仰的是他們全身散發正能量爆棚的文人風範，有所「為」也有所「不為」。「為」的是為了讓傳統文學不致消失，他們積極蒐羅、整理、寫作，留下許多文字紀錄。每期精心安排上課內容，希望把他們畢生所學一股腦兒全部教給我們。「不為」的是對於傳統詩界少數亂象從不妥協，也不同流合汙，總是默默埋頭做著，矢志要為臺灣文學留下重要文獻。

自二〇一八年九月開始跟著黃老師夫妻學習至今已逾三年，我很少缺課，因為老師就像個大寶庫，腦袋裡面藏了各式各樣新奇的寶藏，近代詩界老前輩的事蹟總是信手拈來、如數家珍！即使不上正課，光聽老師聊天，我也覺得有趣。一九九八年我調到鹿草重寮國小任教，開始重拾閩南語，那時都用國語邏輯去翻成閩南語，總覺不夠道地。而在樸雅吟社上課，聽老師使用最流利接地氣的語詞，只要聽到一個新的語詞，我就滿心喜悅、反覆練習、如獲至寶。

黃哲永老師就是臺灣的「末代漢文先」，不論是學識涵養、立身處世、為人師表等各方面，都有我努力學習之處，能夠跟隨老師學習真是我的小幸運。

（六）我們不一樣

樸雅吟社有一群充滿正念善良的師兄弟姊妹。進入這個團體的學員大多只是本著對傳統詩、臺灣文學、吟詩有興趣而來學習的，認真來說這根本是個無利可圖的事情，常常去臺北參加吟詩比賽，還會倒貼車資。且我們的師兄姐很多是從外地來，遠自臺中、臺南、雲林都有，也跟隨老師學習多年，光算來往車資都比學費多得多！然而促使他們週週風雨無阻，準時出現在朴子高明寺上課的動力，不外就是對老師教學的信任及對傳統文學的執著與喜愛。

每回去外地參加詩會時，大家總會自動分工幫忙開車載人。成員裡面有時常要燒腦寫計畫推行母語、吟詩的錦花學姊；有超級熱心、主意又多的點子王玉璽師兄；有玉米田收成就拿來分享、精通鄉土常識、夫唱婦隨的忠憲師兄；總是扛著沉重攝影器材擔任專業攝影，幫忙留下美拍的英毅師弟；時常在吟詩分享心得、提出建議、幫忙錄音的世崇師兄……真是族繁不及備載。大家一心就想如何在復興鄉土語言，傳承漢學文化中略盡一己之力。

還記得大家應恩弘師弟之邀參訪三秀園，經過豁然橋時，橋面上許多雕刻對句字體因日久風化而字跡模糊，大夥兒或圍或蹲在橋墩旁仔細觀看，跟著老師按照平仄、詞性、字跡認真研究它原本到底是什麼字，就這樣大家嘰嘰喳喳、各抒己見一番，沒一會兒功夫，竟真的讓我們推敲出這些字句。當下，我真覺得我們像一群古人一樣，迎著徐徐涼風感受著造園者當時對自己的期許，而刻下這些字句！忍不住讚嘆……seafood（師父），我們這群人……真的不一樣！

（七）薪傳鳳凰聲

因著自己對吟詩的喜愛，以及在各國小間代課的機會，我時常在教學中置入行銷。一回講解閩南語的白話音與文言音時，學生問：「什麼時候會用文言音？」我順口吟了學生熟悉的「下江陵」。下了課，旁聽的導師跑來跟我說：「你是我遇過第一個會當場用漢語吟詩的閩南語老師！」這真是最激勵的讚美！

二〇二一年三月嘉義縣政府舉辦吟詩比賽，我主動跟任教的網寮國小吳芊萱校長請纓，找了三名小徒弟，利用午休時間教吟詩。看到他們認真反覆練習，最後分別獲得第二名、第三名、佳作，他們開心得跟我預約明年比賽還要再來！這種感覺真的很棒！

藉由參加比賽，透過指導學生吟詩過程，不但是對自己最好的訓練，讓自己在吟詩技巧更精進，同時也可以在遇到挫折時，思考如何因應學習卡關的問題，當然最開心的是看到學生從開始一首律詩五十六個字念錯一半，經過二至三次修正到全對的成就感，藉此讓他們體會吟詩依字行腔的聲韻之美，進而喜愛吟詩。這可能是一條漫長的路，但至少我一步步慢慢的在走，希望能在推廣漢語吟詩略盡自己的棉力，這是我目前對自己小小的期望。

樸雅吟社與友社吟唱交流

二〇二〇年參與全國詩社聯吟大會

卷二　梅川傳統文化學會

梅川源流

吳耀贇
梅川傳統文化學會創社理事長

梅悠悠，川悠悠。溯古通今一葉舟。
揚波鼓浪三千里，嘯傲在灘頭。

科技的昌明，固然帶動了經濟的繁榮，改善了物質生活；然而精神層面，卻往往隨著聲色享受之不斷追求而顯得更趨貧乏。眼看著千年道統日漸式微，文人風骨難得一見；倫理架構鬆動崩解，聖哲典章久蒙俗塵。每思及此，莫不深感「古調雖自愛，今人多不彈」之嘆！

常言道：「物以類聚」。記得一九八九年間，時有三、五性情相投的同道好友，不定期雅聚寒舍，以文學、藝術為範疇，不拘形式品茗閒聊，這大概便是本會的源起吧！直到一九九二年初夏，才正式草擬「讀書會」章程，規劃聚會時間和輪流主講的方式；由於講題內容偏重於歷代各個詩派及其詩風之探討，故一九九四年元月經曾芳松先生之提議，取「冰清玉潔，長流不息」之寓意，正式將本會定名為「梅川詩會」。後來人數漸多，特地將聚會場所移往篤行路岳陽樓書學會講堂（書法家任容清老師府第樓上）。自一九九四年六月起至一九九八年三月，近四年期間，探討的主題由詩學逐漸向外延伸，涵蓋琴、棋、書、畫、茶道、科技、天文、地理等各個不同的領域。

此外，為因應古典詩詞之朗誦和吟唱的需要，於一九九四年初，奉家父口諭，在寒舍唐室代父傳授「河洛漢語聲韻及呼切原理」；講授對象原僅黃老師建鏞一人，兩個月後任老師容清加入，黃老師充當輔導學長，從旁協助。一九九五年初，參加漢語研習的人員又增加林仁建、鄭淑娟、沈榮宗、曾芳松等七、八位老師，由黃、任兩位老師協助輔導，並將研習場所移至松友軒書法教室講堂（沈榮宗老師府上三樓）。

一九九五年七月三日，經由林仁建老師大力奔走，以及臺灣省廣亮慈善會、臺中市救國團東區團委會、和旱溪樂成宮等單位全力贊助下，正式成立「臺中漢語研習班」，以樂成宮二樓講堂為研習場所；將學員分成四組，分別由黃建鏞、任容清、林仁建、鄭淑娟等四位擔任各組輔導教師，從此開啟培育河洛漢語教學及詩詞吟唱人才之社教工作。隔年，又應邀到各地分別增開短期漢語研習班，由樂成宮班本部遴選優秀學員，擔任輔導學長。

一九九九年初，考量未來推廣之需要，開始著手將多年來研習和吟唱資料，整理彙編錄成專輯，其內容請參閱「大漢清韻吟誦專輯簡介」。提起專輯的製作，不禁既感動又感慨！回想多年來從事漢語社教工作，所有參與的會員，不僅完全義務奉獻，同時還經常自掏腰包，印發資料、拷貝錄音帶；如此才能將贊助單位及熱心人士所捐助的活動經費，一點一滴省下來，做為製作專輯的基金。深知會員大多與我同樣安貧樂道，兩袖清風，猶能如此共襄盛舉，怎能不感動萬分呢！

二〇〇〇年六月中旬，會員再三提議：向內政部申請社團立案。竊自思忖：本會經歷兩年的孕育期、四年的草創期、以及六年的成長期，的確時機已臻成熟，故乃親自草擬組織章程和運作細則，隨即趕回雲林老家請示父兄；父親以聖人之言：「名正而言順。」訓勉正名的重要。隨後多次邀集幹部召開立案籌備會議，共同研討立案相關事宜，凝聚共識後，遂向內政部社會司接洽，請領申請立案表格以及相關資料，並於附件齊全後正式辦理申請立案。

本會的發起人共計七十四位，涵括學生、農人、工人、樂師、畫家、工程師、歌唱家、書法家、企業家、攝影家、警政人員、公務人員、學校教師、家庭主婦、工商界人士、以及各行各業的退休人員；不僅足以代表社會各個階層，同時都是熱愛傳統文化，關懷社會風氣之傑出人才。其中泰半乃漢語班各期優秀學員，結業後申請入會，且多年來持續參與本會舉辦的各級漢語研習班、各項文化研習營、藝文講座、對外吟唱發表會，擔負起文化義工培訓工作的重要成員，稱得上犧牲奉獻，無怨無悔，對本會貢獻甚偉；特此感謝！至於其他所有關懷贊助本會之公益團體和熱心人士，便不光是一個「謝」字足以表達我永銘五內之感激了！

二〇〇〇年十二月九日，假衛道高級中學鳴遠樓四樓會議室，召開成立大會，正式成為全臺性社團，全銜：「社團法人中華民國梅川傳統文化學會」，以「同諳河洛漢語朗讀吟唱，承續雅頌古風之餘韻；共研詩詞歌賦禮樂典章，體認文化道統之精深」為宗旨。期望在主管機關及社會各界的指導和護持之下，能夠日新又新不斷茁壯，真正進入「承先啟後，任重道遠」的新里程。

學會正式成立以來，迄今已歷八屆二十二年，第一、二屆由我（吳耀贇）親自擔任理事長，第三屆吳武憲先生，第四屆黃壬癸先生，第五屆賴佳源先生，第六、七屆林生源先生，第八屆陳美玉女士。歷屆秘書長有黃建中、賴佳源、李建緯、侯美華、許美玉等，其中侯美華連續擔任三屆九年的秘書長，備極辛勞。由於學會庶務工作逐年增多，除了擴充工作人員編制外，從第七屆開始增設兩位副理事長，在生源理事長的領導下，侯美華副理事長負責演出活動事宜，陳美玉副理事長負責教育推廣事宜，兩位盡心竭力、各司其職，使學會的會務蒸蒸日上。目前學會不僅和全國各詩社往來密切，相互觀摩，也曾先後兩度應邀到大陸參與詩詞吟誦高峰會議，將河洛古韻之吟誦方式推廣到對岸。

在河洛漢語教學方面，早期學會成立前之輔導教師有：黃建鏞、林仁建、鄭淑娟、任容清、陳玉安、吳梨華、王丁貴。學會成立後有：曾淑仁、何惠美、鄭麗鳳、馬一瑚、王淑媛、薛玉麗、林進臨。近年來都偏勞王淑媛、林珮韻、陳美玉、侯美華、卓姬伶、羅麗芬、王綉娟、蔡純娟、蘇禾莞、林姿廷、陳惠芳等人，這些學長學有所成，仍然留下來回饋學會，幫忙培育後進，這種無私奉獻的精神，著實令人感動！

自從學會成立迄今二十二年來，在歷屆理事長的領導，理監事會的督促，教學推廣組與庶務工作組，群策群力共同努力之下，完成了許許多多的工作，謹將其中最為重要的部分，簡述如下：

一　全心推動河洛漢語社教工作

以河洛漢語講授經書古文、指導詩詞吟誦，從學人員已逾數千人。

（一）梅川傳統文化學會之河洛漢語初階班進入第三十四期，進階班進入第二十七期，高階班進入第十六期，師資培訓班即將進入第二期。

（二）臺中孔廟之「古典詩詞賞析班」進入第五十二期。

（三）菩提仁愛之家長青學苑之「菩提河洛古韻班」進入第二十三期。

（四）玄門中樞院之「玄門河洛古韻班」進入第二期。

（五）另外學有所成之資深學員應聘前往指導的河洛漢語詩詞吟誦班隊，總數不下十幾個班，遍佈中彰投地區。

（六）新冠狀疫情蔓延期間，配合政府政策，停課不停學，主要研習班隊之課程，由我親自以 FB 直播或 Live 直播方式授課。

疫情期間，網路 Live 直播授課

二　編著《河洛漢語聲韻呼切原理》，建立完整之理論體系

一九九一年回故鄉向父親請益河洛漢語聲韻呼切要領，同時到處蒐集相關資料，再以科學方法進行分析歸納，彙整成一套完整而有系統之漢語基礎教材，其內容包括：十五聲母、四十七韻母、八聲調、入聲類別、呼切原理、斷詞句為音節、變調原則、朗誦與吟唱之要領等，讓學習者有所依循，從此使接近古人語音之河洛古韻不致於成為絕響。

三 編輯河洛漢語授課教材

整理傳統詩詞、修訂詩調，重編古譜，創作新詞、新曲，編輯各個研習班隊之授課教材。

（一）將傳統詩詞依詞作、斷句、呼切、題解、註釋、釋文、賞析、作者、吟唱譜之順序，有系統地編輯成為授課教材。

（二）將民間傳統詩調：如宜蘭酒令、福建流水調、鹿港調、吟詩調、常州調、江西調、文人調、天籟調、恆春調、歌仔調（鐵三郎、望鄉調、遊潭調、都馬調）、百家春、長干調等，重新編譜套用，使之適合以河洛漢語吟唱五言絕句、五言律詩、七言絕句、七言律詩、古體詩、樂府詩。

（三）重新編修以下之古譜、古琴曲，成為河洛漢語吟唱譜：詩經之〈關雎〉、〈蒹葭〉、〈蓼莪〉、〈月出〉，古體詩樂府詩之〈秋風辭〉、〈木蘭辭〉、〈春江花月夜〉、〈長干行〉，古琴琴歌之〈陽關三疊〉、〈關山月〉、〈秋風詞〉、〈湘江怨〉，晚唐詞之〈更漏子〉、〈夢江南〉，五代李煜之〈虞美人〉、〈浪淘沙〉、〈玉樓春〉、〈菩薩蠻〉、〈破陣子〉、〈相見歡〉，北宋晏殊之〈浣溪沙〉，范仲淹之〈漁家傲・塞下秋來〉，柳永之〈雨霖鈴〉、〈八聲甘州〉、〈蝶戀花〉，蘇軾之〈水調歌頭〉、〈定風波〉、〈臨江仙〉、〈鷓鴣天〉，秦觀之〈滿庭芳〉，南宋李清照之〈一翦梅〉、〈醉花陰〉、〈聲聲慢〉、〈漁家傲・天接雲濤〉，辛棄疾之〈永遇樂〉、〈賀新郎〉、〈青玉案〉、〈西江月〉、〈清平樂・村居〉，金、元之際元好問之〈摸魚兒〉等傳世名作。

（四）我個人創作之詩、詞、曲作品，目前已經納入教材，傳授給學員的作品有：〈念奴嬌〉、〈江城子〉、〈滿江紅〉、〈天淨沙〉、〈長相思〉、〈花非花〉、〈桃夭〉、〈椿庭三迴〉、〈梅川吟〉、〈將進酒〉、〈大風歌〉、〈蘇幕遮〉、〈御街行〉、〈古稀雙壽有感〉、〈椿庭即景〉、〈辭歲感懷〉、〈慈母頌〉。

四　舉辦「年度大漢清韻詩詞雅樂發表會」，迄今完成二十五場次

自從一九九五年假臺中旱溪樂成宮之廟埕舉辦第一次年度成果發表會以來，分別在旱溪樂成宮、大坑聖壽宮、救國團臺中總團部大禮堂、臺中文化中心演藝廳、五權國中大禮堂、臺中啟聰學校活動中心、臺中市中興堂、臺中市中山堂、臺中市民俗公園民藝廣場等場所，舉辦過二十五場次的年度成果發表會，獲得觀眾熱烈之迴響！

五　舉辦「全國詩社聯吟大會」，迄今已歷三屆

從二〇一七年開始，每兩年舉辦一次「全國詩社聯吟大會」，邀請全臺詩社、吟社，彼此交流，相互成長。以二〇二一年為例，於十一月七日假臺中市民俗公園之民藝廣場舉辦，演出主題為「大風起兮」。

六　舉辦全臺性河洛漢語朗誦吟唱大賽，迄今已歷十七屆

（一）藉由「河洛漢語朗誦吟唱大賽」更廣泛地引起大眾學習動機、提高學習興趣，使傳統文化及河洛聲韻能往下扎根，向上開花結果。對社會風氣的改善，人文素養的提升，略盡棉薄之力。

（二）比賽分成十二組：幼兒朗誦組、幼兒吟唱組、國小朗誦組、國小吟唱組、國中朗誦組、國中吟唱組、青年朗誦組、青年吟唱組、社會朗誦組、社會吟唱組、個人朗誦組、個人吟唱組。

（三）十餘年來所舉辦之歷屆比賽，承蒙臺中市政府、市議會、

及各相關單位全力支持，報名隊伍達百餘隊，參加人數近千餘人，可謂盛況年年。

（四）第十五至十七屆適逢新冠狀疫情嚴峻，為了避免群聚效應，採取網路送件，各比賽單位之參賽內容錄影後，將檔案寄到主辦單位。同時，秘書處將參賽影片整理編號，分批寄給所有評審老師，再以視訊通話方式召開評審會議，審核、確定各組名次，以及團體總冠軍、最佳人氣獎、最佳貢獻獎，當晚在網路公布成績。

七　臺灣文學館委託錄製《臺灣古典詩精選》之吟誦影片

錄製「臺灣古典詩精選」之吟誦影片

二〇一九年初接到高雄伊士影像工作室郭宛蘋小姐來電，委託我參與臺灣文學館「臺灣古典詩精選詩作吟唱錄製」工作，我覺得這件事情非常有意義，能有機會為臺灣傳統詩學之發揚貢獻心力，深感榮幸，因此立即應允，將工作承擔下來。

（一）我費一番功夫將臺灣古典詩三百首反覆研讀，從中篩選出：五絕四首、七絕十首、五律六首、七律二十四首、古體詩三首，總共五十首。每一首依詩作、斷句、呼切、題解、註釋、釋文、賞析、作者、吟唱譜等單元整理，編製成梅川學會河洛漢語高階班之授課教材，開始積極講解，帶領大家朗誦、吟唱。從高階班遴選出十三位表現優異的學員，參與吟誦錄影工作。

（二）高雄伊士影像工作室莊導演帶領工作小組到臺中，會同本會秘書處人員一起勘查各個適宜攝影之外景，彼此研商確定，共分五次分別在霧峰萊園、臺中公園、臺中孔廟、臺中文學館、文學公園、臺南之臺灣文學館等地，拍攝外景，現場進行吟誦錄影。

（三）由於臺灣文學館對吟唱影片審核後甚為滿意，又委託拍攝十首適合兒童學習之「兒童古典詩」。

八　向華人世界推廣河洛漢語以及使用河洛語吟誦詩詞的方法

（一）帶領學員前往各地，參與其他詩社舉辦之聯吟活動，示範演出。

（二）二〇一六年，應邀出席江蘇常州舉辦之「2016書院文化高層論壇」，由林生源、侯美華、馬一瑚等三位學員作陪，一起前往大陸。與會時，上臺發表〈負擔書院功能之漢學私塾〉論文。第二天，假常州市立圖書館，對國學傳習所、吟誦藝術協會等單位演講，並示範演出。

（三）二〇一九年，應邀出席湖南長沙之中南大學舉辦的「兩岸經典吟誦傳播與當代詩詞創作研究高峰會議」，由林生源、李建緯、侯美華、陳美玉、蔡純娟、賴雅麗等學員陪我前往，會議中發表〈由聲韻進入大漢民族的心靈深處〉論文，並帶領學員示範演出。第四天會議結束，與會人員前往張家界進行為期三天之吟誦采風之旅。此行讓兩岸的教授、學者，有機會認識接近古人語音之河洛古韻，以及使用河洛語吟誦詩詞之韻味。

（四）利用網路直播教學，將訊息傳播到海內外華人世界，讓更多的人有機會接觸、瞭解，進而喜歡河洛古韻之詩詞吟誦。

九　編輯製作《大漢清韻詩詞吟誦專輯》

該專輯到目前為止，已經錄製完成並且正式出版的部分共分七輯，另外又出版一張吟唱精選集，總共有三本書以及十二張 CD。未來計畫在兩、三年內將繼續完成第八、九、十輯的編曲與錄製工程。目前整理出書面資料，並且製作成伴奏音樂的新曲目，已經有二十餘首。這些專輯不僅提供做為河洛漢語研習班之授課教材，同時讓大漢民族使用三千年的河洛古韻，得以繼續薪傳下去。

梅川傳統文化學會由於以上之具體付出，榮獲內政部、省政府、各機關團體表揚之獎牌、獎狀、感謝狀等，為數甚多，不勝枚舉，在此舉數例如下：

（一）二〇〇一至二〇〇六年參加全臺性社團工作評鑑，連續三年獲得甲等團體獎；二〇〇七年更自全臺一萬多個社團中脫穎而出，榮獲優等團體獎，獲頒五萬元獎勵金。

（二）二〇一〇年經臺中市政府推薦為績優詩社、詩人，前往中興新村接受當時省政府頒發表揚狀，應邀上臺對全臺詩社代表主講「古典詩詞韻文賞析」，並帶領學員示範演出。

（三）二〇一八年我個人承蒙臺中市文化局推薦參與選拔，榮獲第二十五屆全球中華文化藝術薪傳獎之中華文藝獎，學員們受邀參加頒獎典禮，並示範演出。主辦單位又另外安排拜會，承蒙陳建仁先生召見，合影留念。

（四）二〇一六年、二〇二〇年帶領梅川傳統文化學會兩度榮獲全臺性社會團體公益貢獻獎之銀質獎。

（五）歷年來應邀前往中興大學中國文學系、環球科技大學臺中人才培育中心、大墩社區大學、犁頭店社區大學、衛道中學、曉明女中、普臺中學、北新國中、五權國中、臺中國小、立人國小、臺灣美術館、屯區藝文中心、彰化南瑤宮、臺中市文學館、崇正基金會、玄門基金會、弘明實驗教育機構、救國團東區團委會、救國團真善美聯誼會、臺中市讀書會、嘉義尋鷗詩社等各級學校、機關團體，授課或演講，獲頒感謝獎牌。

（六）歷年來應邀帶領學員參加由埔里昭平宮育化堂、二林社區大學、鹿港文開詩社、南投市三玄宮、彰化學士吟詩學會、草屯登瀛詩社、光輝詩社等團體分別所舉辦之全臺或中部地區詩社聯吟活動，示範演出河洛漢語詩詞吟唱，獲頒感謝獎牌。

梅川學會與我

侯美華
梅川傳統文化學會前祕書長

自二〇〇五年與梅川結緣，竟也經過了十七年。

一　緣起：中聰．梅川．我

二〇〇五年的大漢清韻發表會，為了豐富演出元素，經由貞良的引介，蒞訪臺中啟聰，洽談邀請配合手語演出事宜，當時身為學校秘書，本身又是國文系畢業，於是在校長授意下，協助訓導處負起學校配合演出的籌畫事宜。

為不增加校內老師們的太大負擔，便將當年校內的學藝競賽，定調在詩詞的手語演出，將當年梅川預計演出的曲目，由老師們自行選擇曲目，訓練參賽。依稀記得首次導師會報，為了推廣這個活動，隨機選擇播放其中一首曲目，沒想到竟選到了〈臨江仙．夜飲東坡〉。老師們有的雖然會講臺語，但聽漢語則是相當吃力，〈臨江仙〉這首又超難聽懂……，所幸，中聰的老師們相當配合，總算完成校內學藝競賽，再由其中選擇演出的師生，圓滿完成任務，也因此在梅川的年度演出中加入手語的表演元素。

活動結束後，因上課地點在樂成宮，離家裡比較近，便開始參加漢語班，然後加入會員，參加歷年的發表會，幾乎每年都會加入手語演出，對於臺中啟聰的師生，「大漢清韻」也成為耳熟能詳的梅川代名詞。歷任的校長，也一直支持著梅川的發表會活動，提供彩排場地。二〇一四年學校也邀請梅川在「特、聰、明」的三校聯合成年禮上表演詩詞吟唱。

吳老師有感中聰師生的支持，在二〇一五年回到中聰校園，為全校師生在校內辦了一場發表會，讓師生們在學校就能欣賞到梅川精湛的演出，也讓更多師生參與整場的演出。

二　責任的承接：秘書長職務

二〇〇九年，優人神鼓邀請三所啟聰學校聽障師生參加聽障奧運的開幕演出，從三月起每週末北上參加老師的集訓，暑假帶著師生北上參加密切集訓，猶記在忙碌的來來去去中，有一次理監事會議被邀請列席研商發表會事宜，會後吳老師、吳武憲理事長及建緯秘書長留我洽詢，問我接任第四屆秘書長的意願，當時傻傻地就說好。就這樣，從前任秘書長建緯手中接過重責大任，歷經三屆理事長：黃壬癸理事長、賴佳源理事長及林生源理事長三位的指導，學到很多，非常感恩。

原本一直說要做梅川學會永遠的秘書長，為大家服務。有這樣的想法，是因為一直覺得，其他的學長姐，專注著教學及演出，吳老師全力在漢語的傳承及編曲的投入，我願意付出自己在行政的專長，為梅川盡棉薄之力。在長達九年的秘書長職務中，從陌生到熟悉，也費了一些心思，將資料建置存檔，希望憑藉著在中聰的行政歷練，幫吳老師減輕一些庶務性的工作，總覺得老師這樣的人才，浪費在寫公文及其他一般性的文書工作是大材小用。在這麼多年的努力過程中，很感謝陪著我一起付出的你們，因為有你們，我才能完成更多學會交辦的業務。（真的很感謝那些我開口請求協助，無二話力挺的伙伴！）而在去年，終於有年輕又願意付出時間心力的新人加入梅川學會，我終於得以交棒！要感謝美玉秘書長願意承擔，活動很多的她，也很熱心地以不多的時間空隙，盡力完成交辦事務，也很高興秘書處多位副秘書長們的協助，也希望能有更多人加入秘書處的行列。

二〇一九年十一月十八日「兩岸經典吟誦傳播與當代詩詞創作研究」高峰論壇

三　重要的里程碑

市府的肯定：學會的年度活動，一直是漢語班、大賽、頒獎、發表會、邀演活動、藝文講座及參訪等例行活動。自二〇一三年臺中市文化局邀請梅川學會出席臺中文學館開工典禮的表演後，陸續在二〇一五年臺中文學館開幕典禮、臺中讀詩節、二〇一六年文化列車等活動，更在二〇一六年請梅川錄製「大墩新建府城」曲目，長期於臺中文學館播放，市府對梅川學會的肯定可見一斑。

全臺詩社的交流：從二〇一四年起參加「全國詩人聯吟大會」起，陸續受邀參加中部詩社的聯誼活動，這對梅川而言是跨出一大步，走出漢語班，讓全臺詩社看見梅川，我們也觀摩了各詩社的教學及演出，彼此成長，也終有「德不孤，必有鄰」的力量加持。於是，有了二年一次，邀請全臺詩社來參加我們發表會的聯誼規劃，和各詩社的友誼也越來越深，越來越真，越來越純。梅川學會也自二〇一七年開始，每二年舉辦「全國詩社聯吟大會」，二〇一七年在樂成宮，二〇一九、二〇二一年都在民俗公園，今年在嚴峻的疫情下，依然促成活動的舉辦，感謝全臺詩社的情義相挺，大家以詩文交流，在疫情下注入人文的溫度。

兩岸文化的交流：二〇一四年，常州吟誦傳習所友人來訪，進而促成二〇一六年吳文化研究會邀請吳老師前往江蘇常州出席「2016書院文化高層論壇」研習活動，並發表「擔負書院功能之漢學私塾」論文及與常州吟誦傳習所的交流活動；二〇一九年應湖南長沙中南大學文學與新聞傳播學院之邀，參加「兩岸經典吟誦傳播與當代詩詞創作研究高峰論壇」，吳老師以〈河洛古韻聲韻呼切原理——由聲韻進入大漢民族的心靈深處〉論文發表，與兩岸近五十個學校及相關單位、社團進行理論、演出的交流。返臺後，更在二〇二〇年接到山東省「魯臺兩岸端午詩會」的邀請，雖因疫情，改為網路送件，但活動仍是難得的一次雅聚交流。

二〇一八年十一月十一日「第25屆全球中華文化藝術薪傳獎」頒獎典禮

四　莫大的榮耀：吳老師榮獲薪傳獎

二〇一八年吳老師榮獲「第二十五屆全球中華文化藝術薪傳獎」的「中華文藝獎」。（感謝林威邦先生積極協助送件，雖於2020年不幸離世，但梅川永遠感念）這樣的榮耀，是全體梅川家人的驕傲，頒獎典禮當天，一部遊覽車前往臺南，也做了一場亮麗的演出，梅川，真的越來越棒了！大家的心也都熱起來了呢！而也因這樣的因緣，在隔年受邀參與臺灣文學館「臺灣古典詩」及「兒童臺詩繪本」影像錄製工程，從三到六月，吳老師辛苦的編曲，參與錄製老師們不辭辛勞，在豔陽下，急雨中配合時程錄製，讓薪傳獎的光芒繼續發光發熱。

五　漢語班的發展

這幾年因著大家的努力，越來越多人認識梅川，也不斷有各界的邀請設班，學校的社團、社區、詩社的研習課程，都在陸續成班，梅川學會越來越忙了哦！但也藉此將吳老師推廣的漢語教育，更發揚光大，感謝不辭辛勞到各地教學的學長姐們。

六　結語

卸下秘書長的重任，希望能將重心放在表演的加強，不過，想法要變成做法，進而在發表會做為成果演出，那就得大家一起來努力囉！除了讓手語在詩詞吟誦演出的搭配更成熟外，讓每個人能找到自己最美的姿態、肢體語言，大家美美地在舞臺上發光！也讓梅川學會能不斷地向前行！

藝文講座與參訪的活動規劃與執行

吳駿林
梅川傳統文化學會副理事長

一　藝文講座

二〇二〇年，值我梅川傳統文化學會創立廿週年，雖有新冠疫情的襲擾，卻不減慶祝的雅興。從仲夏結束大漢清韻的比賽後，緊接登場的是十一月臺中中山堂詩詞雅樂發表會〈雁丘問情〉，十二月的慶祝大會於臺中聖華宮素食餐廳，邀請各詩社共頌感恩。

隔日週一的藝文講座，敬邀前臺灣文學館館長廖振富教授講述「從傅錫祺卅年社長反思櫟社之興衰」。二〇二一年是櫟社創立一百二十周年，期盼能從前賢結社的目的及興衰過程，得到借鏡與省思。擔任卅年社長的傅錫祺，終生對櫟社付出難以估量的心力，歷經日據的殖民、爆擊、疏開等，仍苦心孤詣地推展漢文化，以詩詞文的創作來抗衡皇民化。其強烈的使命感，堅韌的心志從何而來？與同社詩友的唱和和聯誼，共同維持櫟社的運作，其目的是什麼？願藉廖老師多年的研究給予啟發。以下為演講之梗概。

一九〇一年《臺灣日日新報》已有櫟社活動的報導。一九〇二年由林朝崧（癡仙）、林資修（幼春）、賴紹堯（首任社長）三人發起成立，命名出自《莊子》一書，意謂無用之木。一九〇六年組織化，擴大規模，傅錫祺（1872-1946）加入，為創社九老之一。傅氏，臺中潭子人，銀匠之子。一八九三年考取晚清秀才，一八九四年原擬赴福建應舉，因甲午之戰而作罷。早年擔任塾師維生，曾任臺中《臺灣新聞》漢文記者。一九一七年接替因病去世的賴紹堯社長，至一九四六仙逝為止。從其詩詞與日記見證櫟社之興衰，是該社的靈魂人物之一。社內大小活動之聯繫策畫、基金之保存運用、社員之進退、與各地詩社往來之聯絡等均詳細載於日記中。對保存櫟社文獻貢獻甚大，先後撰有《櫟社沿革志略》、《增補櫟社沿革志略》，分別於創社三十、四十週年時出版，為今人研究櫟社的重要參考資料。因其個性謹慎、盡責，以明哲保身處世，絕不涉足政治運動，與林獻堂、林幼春等人有殊差。又是刻苦勵學而晉身上層社會，故重視家庭教育，寒暑假授予兒孫《史記》、《漢書》，對維繫漢學傳統有強烈的使命感。即使於戰爭時期，與林獻堂聯手培育新社員，教導第二代研讀古代經典與名家之作，以延續社團命脈。恭錄詩作二首：

（一）〈六十初度感賦四首〉其二

天教滄桑忽揚塵，不壞猶存歷劫身。

紈扇三秋遭棄置，硯田廿載付因循。

無才勉就催科吏，有恨難消忍垢人。

他日豫謀題墓字，可能姓氏冠遺民。

（二）〈人生〉七十歲的作品

人生底事不逍遙，進退勞勞暮復朝。

任掛羊頭還賣犬，親知狗尾未宜貂。

怒來欲現金剛目，折損私憐靖節腰。

綠水青山無限好，何如回首伍漁樵。

有完整的組織化、有共同的理想、有熱心的主幹推動、充足的經費、關切現實社會，不以文人自限、胸襟寬、視野廣、學識精博等優點，是櫟社經驗給予我梅川學會的省思。

二　藝文參訪

於同月廿日，以采風吟誦的方式，走訪櫟社幾位前賢的故居與集會處。第一站是臺中豐原愛國街的南村草堂——張麗俊（1868-1941）家宅，由第四代的主人張正魁先生接待，王陸森老師導覽。王老師乃當今研究張麗俊日記的翹楚。他深入淺出地介紹水竹居主人的日記中之小細節，讓我們了解張前賢的起居有時，以身作則，事親至孝，敦親睦鄰，熱心公益等諸多事蹟。我們以其詩作〈落花〉、〈啖嶺朝霞〉追憶之。第二站來到臺中神岡三角仔的「筱雲山莊」，古色古香的莊園是呂炳南（1829-1870）為奉養張太夫人，於清同治五年（1866）所建。是二進六護龍的四合院，兼具防衛、望遠、壯麗與風水的獨立門樓，同時有交趾陶、木刻、磚雕等藝術，而水墨畫與詩句、楹聯、書法等，更襯托其古雅。光緒四年（1878），建有藏書室，西席舉人吳子光（1817-1883）題有對聯「筱環老屋三分水，雲護名山萬卷樓。」此處孕育了進士丘逢甲、舉人林文欽、蔡時超、游士浩、呂賡年等人。日據時期呂敦禮、呂蘊白與櫟社多有唱和。我們以丘逢甲的〈離臺詩〉、呂敦禮的〈大墩新建府城〉詩作，與垂柳共誦於半月池前。

午餐後走訪臺中霧峰，萊園是櫟社前賢們最常雅聚之處，故留下許多膾炙人口的詩篇。穿過木棉橋，直走五桂樓，跨過柳橋，來到飛觴醉月庭，朗誦林階堂前賢的前後楹聯。在五桂樓前，與林癡仙前賢享受「秋風滿水亭」的〈小習池〉，更體會前賢林幼春其〈送蔡培火等三君之京〉同日人抗爭「願為同胞倒海傾」的豪情壯志。於「林竹山夫子頌德碑」前吟誦〈汲井〉、〈種芭蕉〉，紀念他無畏日人的刁難，堅持授予林家諸學子的漢學精神。最後於「櫟社二十週年紀念碑」前，緬懷鶴亭社長，吟誦其〈送春〉、〈櫟社庚戌春會即事〉。壓軸是灌園前輩的〈辛巳中秋景薰樓觀月四首〉，與其舉杯共飲，暫留光陰浮世話騷壇。多年浸淫於中原詩詞的我輩，少有機會現場體驗前賢的情懷，今日與櫟社的諸先輩們舊地同遊，用河洛漢語雅誦其詩作，聊表敬意。

梅川系統化教材、教法、教學活動設計及推動

陳美玉
梅川傳統文化學會理事長

一　編輯教學教材

梅川自二〇〇〇年十二月九日向內政部申請為全臺性社團法人，全名為「中華民國梅川傳統文化學會」。為提供學員學習的需要，隔年即出版《大漢清韻》一、二、三、四輯叢書，以作為基礎學習教材之用。

第一輯分為三個單元，第一單元為〈漢語源流〉，第二單元為〈漢音呼切法〉，第三單元為〈漢字認讀〉。

第二輯為〈漢文朗讀〉，在編輯時，就考慮挑選具備聲韻優雅，又能突顯漢語特色的文章十五篇為教材，在學習上，希望達到讀誦有金石之聲的效果。

第三輯為〈絕句吟唱〉，原則上第一部分選五言絕句二十首，第二部分選七言絕句十九首。

第四輯為〈律詩吟唱〉，原則上第一部分選五言律詩二十首，第二部分選七言律詩十八首。

這四輯所有內容，不管是河洛語源流、聲韻理論或是課文呼切，甚至樂譜均是由吳耀贇老師一字一句編寫成書。並且配合第一輯與第二輯課本內容，由吳老師親自錄製朗誦 CD，再由教師群錄製第三輯和第四輯的吟唱 CD，成為極其實用的基礎理論教材。二十多年來，每一位學員對於河洛語基礎理論和古文朗誦、詩詞吟誦的了解，全透過這一套教材做系統化的學習。

更於二〇一九年二月出版，以詩經和古體詩多首，錄製第五輯朗誦吟唱 CD；以數十首極受歡迎的晚唐詞、五代詞和宋詞內容，錄製第六輯和第七輯朗誦吟唱 CD。五、六、七輯的錄製完成，不僅成為教授學員學習教材之用，更引起全臺愛好詩詞吟唱同好的熱烈搶購。

二　組織教學教師群

從「梅川詩會」時代開始，教師群就是我們最堅強後盾，由吳耀贇老師親自任教並號召黃建鏞、林仁建、任容清、陳玉安、吳梨華、王丁貴等早期輔導教師，經過十二年的努力，把學會帶進另一層次的高峰。

學會成立後：曾淑仁、何惠美、鄭麗鳳、馬一瑚諸位老師都付出相當心血，一同成就轉型後的梅川。

近十幾年來，古典詩詞賞析吟誦學習人數迅速成長，從一開始吳老師親自任教的梅川初階班、高階班、臺中孔廟、大里仁愛之家四個班級，增加中興大學詩詞吟唱社及各級學校社團，及中部各詩社、再到各社區學苑，至今中部各地固定上課的班級已達十七、八班之多。

目前負責各班教學的王淑媛、林珮韻、陳美玉、侯美華、卓姬伶、羅麗芬、王綉娟、蔡純娟、蘇禾莞、林姿廷、陳惠芳、許美玉、陳宜甄等教師群，除了專注於不同程度各班教學外，也肩負培養繼起師資的重責大任。

各階段的教師團隊，都以無私奉獻的精神，在銜接教學上負責培養後進，以提升教學群的效果。

三　教材教法設計的進化

為使學員學習更有效率，目前在教材設計及教學多媒體工具的使用上，均採用讓學員最能有效學習的方式，主要的做法如下：

（一）教材內容

於課本或講義編寫時，每一篇古文和詩詞中河洛語呼切及斷句的標示均完整呈現，使學習者能迅速掌握河洛語中特別的連音變調誦讀方式。除了該篇作者及課文註釋等背景資料會加以說明，最重要的是近體詩的格律用韻、詞的詞牌及詞韻，也必須以清楚正確的方式說明。

以范仲淹詞〈漁家傲〉為例：

漁家傲　　范仲淹

塞下・秋～來～風景・異。

衡陽～雁・去・無留意。

四面・邊聲～連角△起。

　千嶂裏。

　長煙～落日・孤城～閉。

濁酒・一杯～家～萬里。

燕然～未勒・歸～無計。

羌管・悠悠～霜～滿地。

　人～不寐。

　將軍～白髮・征夫～淚。

註釋

1. 塞下：古代把漢族政權和少數民族政權之間的交界地方叫做「塞」或「塞上」、「塞下」。這首詞所說的塞下，指的是北宋和西夏交界的陝北一帶。

2. 衡陽雁去：「雁去衡陽」的倒裝句，為配合前一句的「塞下秋來」對仗；湖南衡陽城南有座回雁峰，相傳南下過冬的大雁最南只到這裡，不再南飛。
3. 無留意：沒有要留下來的意思。
4. 角：號角。
5. 燕然未勒：東漢竇憲曾打到蒙古燕然山並刻石為記，後世以勒石燕然作為勝利的象徵。
6. 羌管：北方民族的簫、笛之類管樂器。

作者

范仲淹（989-1052），字希文，漢族，北宋著名的政治家、思想家、軍事家、文學家，世稱「范文正公」。范仲淹文學素養很高，寫有著名的〈岳陽樓記〉。

宋康定元年（西元1040年）至慶曆三年（西元1043年）間，范仲淹任陝西經略副使兼延州知州。據史載，在他鎮守西北邊疆期間，既號令嚴明又愛撫士兵，並招徠諸羌推心接納，深為西夏所憚服，稱他「腹中有數萬甲兵」。這首題為「秋思」的〈漁家傲〉就是他身處軍中的感懷之作。

詞譜及用韻

漁家傲，詞牌名。此調始於晏殊詞「神仙一曲漁家傲」，是北宋時期的流行曲調。又名「吳門柳、水鼓子、荊溪詠、漁父詠」；雙調六十二字，上下片各五仄韻。另有一體，上下片各兩平韻三仄韻，亦有六十六字者又一體。

＋｜＋－－｜｜（仄韻）

＋－＋｜－－｜（叶仄）

＋｜＋－－｜｜（叶仄）

－＋｜（叶仄）

＋－＋｜－－｜（叶仄）

＋｜＋－－｜｜（叶仄）

＋－＋｜－－｜（叶仄）

＋｜＋－－｜｜（叶仄）

－＋｜（叶仄）

＋－＋｜－－｜（叶仄）

范仲淹這闋〈漁家傲〉韻腳押的是：《詞林正韻》第三部仄韻（上聲四紙五尾八薺十賄（半）去聲四寘五未八霽九泰（半）十一隊（半）通用）。

上聲韻：四紙→起、裏、里

五尾→

八薺→

十賄（半）→

去聲韻：四寘→異、意、地、寐、淚

五未→

八霽→閉、計

九泰→

十一隊（半）→

（二）教法及多媒體運用

河洛漢語經典古文及詩詞賞析吟誦的教學重點，其內容共分為五大部分：

1 聲韻及詩詞基礎理論

聲韻及詩詞基礎理論教學的內容，包含河洛語源流、語音和讀音、八聲調、連音變調、平仄分辨、十五聲母、四十七韻母、入聲字、各種文體的特色、近體詩的格律用韻對仗、詞牌的探討與詞韻、曲牌與用韻。

教學上，全部使用簡報以圖示動畫做活潑而有系統的講解，並讓學員於課堂做各種聲調、聲母、韻母及呼切的練習，聲韻學部分更錄音做成影片提供課後練習之用。

圖形	平或仄	四聲調	八聲調	聲調發音原則
			陰陽	
–	平	平	一五	平道莫低昂
｜	仄	上	二六	高呼猛烈強
｜	仄	去	三七	分明哀遠道
｜	仄	入	四八	短促急收藏

漢語八聲調的分辨：

河洛漢語發音因著聲音長短、音調高
低和發音方式的不同，共有八個聲調

2　河洛語詩詞文朗誦

詩者，志之所之也。在心為志，發言為詩。情動於中而形於言，言之不足，故嗟嘆之。

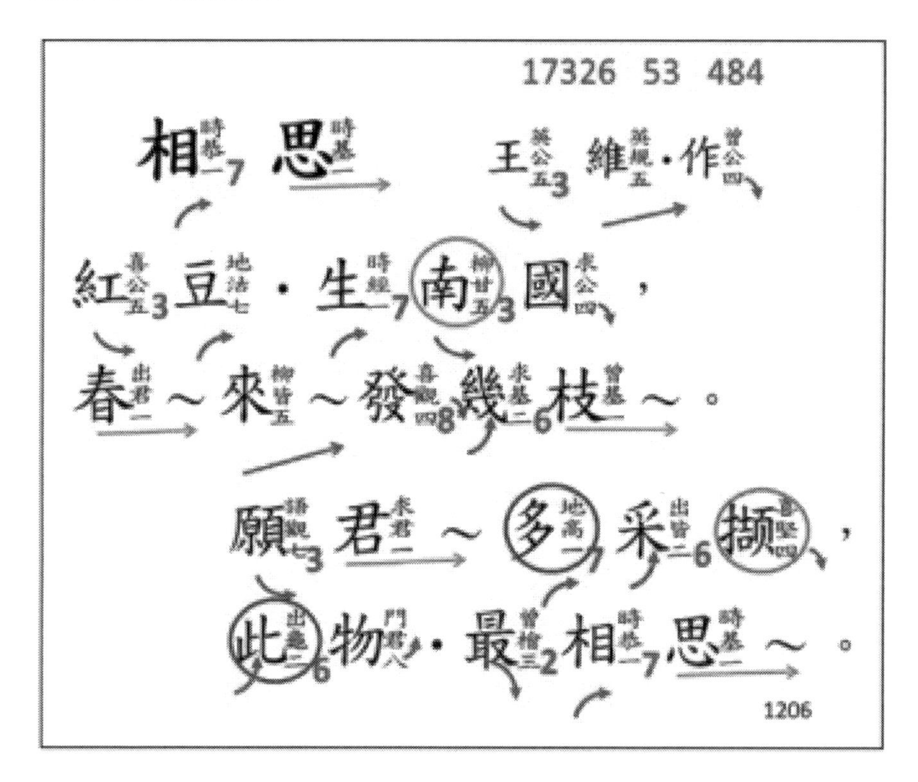

由唸而誦再到吟、嘯，聲音與音調的魔力逐漸強大。唸書誰都會，但達到聲情並茂的吟誦程度，就不是隨口唸唸了，得經過一番認真的練習。

學習朗誦之前必須先學會聲調和聲母韻母，進而建立呼切的能力。再者，河洛語有日常使用的語音（白話音）和誦讀使用的讀音（讀冊音），詩詞文的朗誦當然是必須使用讀音。

這個部分相對較困難，但是教學簡報的使用帶來很大的幫助。

3 經典內容賞析

只是學如何唸、如何吟唱，而不知詩詞文其中的意思、不了解作者寫作背景、不懂文體的內容特色，和鸚鵡學語有何兩樣？

因此，每篇文章、每首詩、每闋詞的內涵意境，都須加以認真探索瞭解，這當然就要依靠老師們，以豐富的國學知識和深入淺出的教學技巧來講解並賞析，引領學員進入令人目眩神迷的古典文學世界中。

以晏殊詞〈浣溪紗〉為例：

> 晏殊自幼聰穎，七歲能文，十四歲時因宰相張知白推薦，以神童召試，被朝廷賜同進士出身，宋仁宗慶曆年間，官至同平章事兼樞密使，位同宰相，掌軍政大權。
>
> 為人性剛簡，自奉清儉，好燕飲。喜薦拔人才，王安王、范仲淹、歐陽修均出其門下。
>
> 北宋時期晏殊的詞，被認為有承先啟後重要地位。其詞工於造語，風格閒雅清婉，詞風和婉明麗，風流蘊藉。詞集《珠玉詞》共有一百多首詞。
>
> 此詞之所以流傳千古，全在「無可奈何花落去，似曾相識燕歸來」一聯。
>
> 這個對句，連明朝的大文學家楊慎都說是「天然奇偶」。
>
> 人世間許多美好的事物都無法永遠長存，春花會凋謝，春光易流逝，全是大自然的規律，真正是「無可奈何」。
>
> 幸而，春花消逝的同時，卻有春燕的歸來，心中稍有慰藉，雖只有「似曾相識」，這一句在惋惜與欣慰的交織中，讓我們領悟到。
>
> 一切必然要消逝的美好事物都無法阻止，但同時仍然有美好事物的再現。生活不會因消逝而變得一片虛無。

無可奈何花落去，似曾相識燕歸來。

這一聯基本上多用虛字構成。用實字作成對子比較容易，而運用虛詞就不那麼容易了。

所以明朝的文學理論家卓人月在《古今詞統》書中論及此聯時說：「實處易工，虛處難工，對法之妙無兩。」

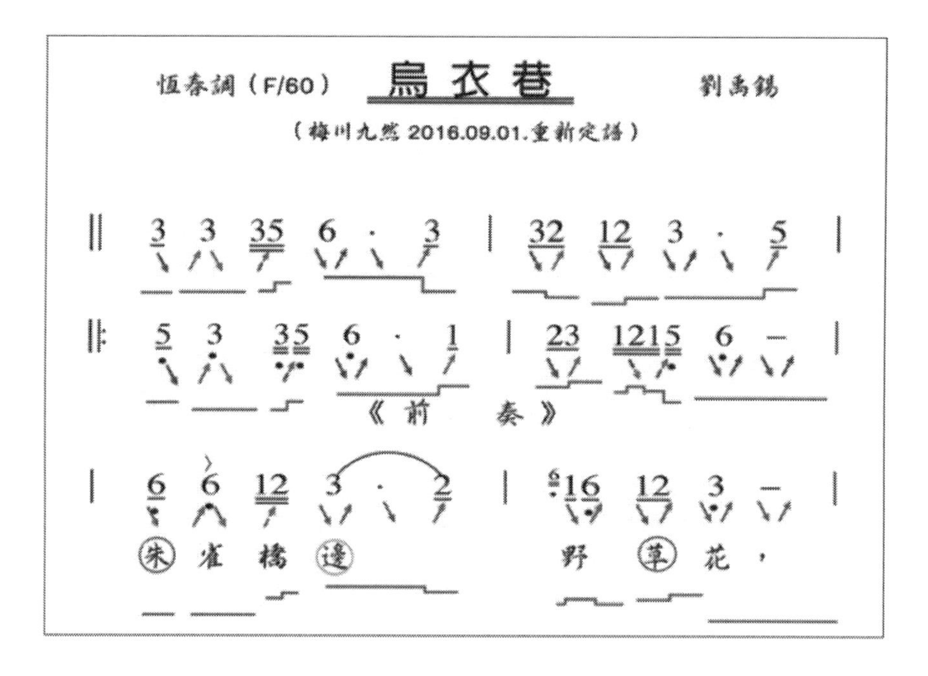

4　詩詞吟唱

嗟嘆之不足，故詠歌之；吟唱！吟唱！基本上分為吟詩的吟調，和唱古詩和詞的曲調，其中有傳唱數百年甚至上千年的古調，也有今人譜曲的現代曲調。

不管古調或是今曲，都是屬於音樂性很高的學習內容，節拍和音準必然有一定的要求，因此教學上也就要使用易懂而有效率的方法來訓練。

教古典詩詞的老師們，除了內容賞析、文學理論、河洛語朗誦外，也同時要擔任音樂老師的角色，進修樂理，練習運氣發音，還要注意自己的節拍音準。想想，這些老師真不是普通厲害。

5 精彩演出的訓練

詠歌之不足，不知手之舞之、足之蹈之也。

中國古典文學中最具聲韻之美的吟唱，唱著唱著，加入了動作，帶上了表情，漸漸的就成為戲曲中最精彩的部分。

要讓更多人了解古典詩詞，除了有文詞之美、意境之美、結構之美，最引人入勝的聲韻之美，走上舞臺是必然的趨勢。

河洛漢語詩詞吟唱教學經驗分享

林姿廷
梅川傳統文化學會理事

中國詩詞之美在其意境，「詩為心聲，畫為心境」透過吟詠之後，更能讓人體會其中聲韻優美、意境幽深、陶冶心性且沉醉其中，那要如何吟唱好一首曲子呢？基本條件有四個重點：

一、音準正確

二、拍準正確

三、咬字清晰

四、情感投入，融入詩詞意境

我在教授一首新的詩詞吟唱曲子時，第一步驟：詩詞內容朗誦正確。二、教會學員識譜、唱譜。三、教會學員把歌詞套進歌譜內。大部分的長輩們因過去所處年代無法接受到音樂教育，而看不懂簡譜（現在許多年輕人也無識譜能力），所以老師教唱之前，必須教會大家最基本的識譜能力，以及如何打拍子等等樂理基本功。據以往經驗，有些學員剛開始不喜歡看譜唱歌學習，耶！不喜歡看譜唱歌！那怎麼唱呢？他喜歡憑著個人音感唱歌。這種人多不多？多啊！這對簡單的流行歌或簡單的詩詞吟唱還勉強可以，但例如像〈賀新郎〉、〈念奴嬌〉、〈青玉案〉等中高難度的古譜所譜的詞是無法吟唱好的。因此雖然教會學員識譜能力會佔去很多時間，但只要學員學會識譜、抓準音高、學會打拍子之後，老師在往後吟唱教學部分會較輕鬆。

古人云：「學貴慎始」、「欲速則不達」。剛開始教一首新曲吟唱時，我會將節奏放慢（學員對曲子還很陌生）一句、一句歌譜慢慢帶唱給學員跟唱二至三遍（一個小節或兩個小節，依曲子難易而定），並讓學員配合手打著拍子同時進行。拍子就如同房子的柱子般，得以讓一首歌唱得穩定。因此遇到類似像〈賀新郎〉、〈念奴嬌〉等歌詞中，常會遇到一個字有六、七個音的或拍子結構較複雜的，需要帶唱更多遍並加強解析。等到確定學員都能跟上甚至自己唱時音準、拍子穩定（老師不跟唱）之後，就以正常速度將歌詞套進帶唱二遍。再確定學員咬字、音準（尤其是上滑音與下滑音詮釋）、拍子穩定了再教下一句，直到整首歌逐句教完。接著帶學員清唱整首歌大約兩遍，找出學員較不理解之處再反覆練習數遍。之後配合伴奏練習，唱到滾瓜爛熟後情緒與感情表達自然而出。

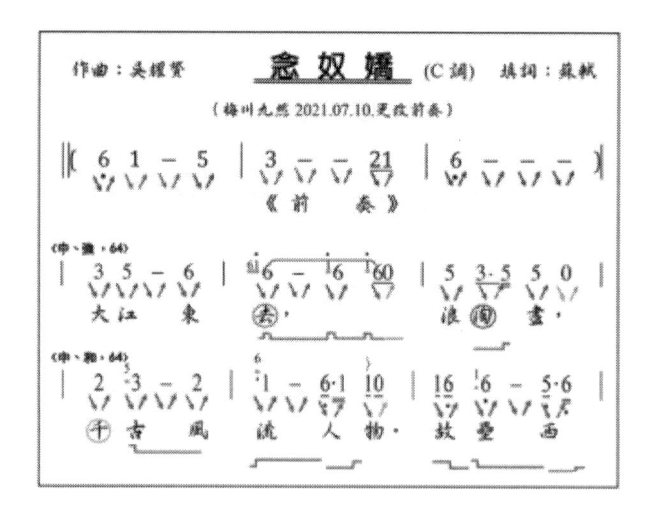

為什麼有人唱歌會音高不準呢？有幾個原因：（一）無法辨識音階、音準。（二）嘴巴沒張開導致聲音被壓扁或嘴型鬆掉。（三）無法準確地辨識與掌握上、下滑音的唱法。（四）遇到高音部分過度用力

使用喉嚨，也就是沒有氣沉丹田。因此要把歌唱好，須了解一個重要原理：「監聽」比唱歌重要。上完課後回到家第一步驟是：自己靜下心來針對這首歌先做功課，一邊看著美玉老師做的歌譜 PPT 圖片，一邊聽著示範帶跟唱，並監聽與分辨清楚自己的咬字發音、音準的高低頻率與示範帶是否一致，拍子是否準確落在拍點上，氣息是否運用得當。使用筆記畫出與示範帶差異之處，找出原因並加強反覆練習。如果可以的話，建議學員使用電腦並戴上耳機逐句跟著示範帶練習，遇到不會之處反覆練習，直到沒問題了再練習下一句。有人會懷疑：這樣練習是否太麻煩呢？不！一點也不麻煩，因為我也是這樣練習的。最麻煩的是，您已唱到成為慣性了，才發現自己唱錯了，那就太難改正了。所以古人云：「學貴慎始」、「欲速則不達」，一點都不假。

在南區長青學苑學員裏頭歐陽考嘉曾分享說：「我是個音癡，從小到大沒唱過歌，如果吟唱時沒看美玉老師的音譜階梯圖（五線譜概念），就如同瞎子一樣，根本不會唱歌。我在這裡得到成就感，讓我實在是太快樂了！」雖然今年因疫情關係無法群聚上課，但透過視訊上課卻讓幾位新學員進步神速。當我教完一首吟唱曲後，他們會很快地自動上傳作業給我，等我回傳修正之處後，他們會自我精進地修正再修正，尤其是美月姊跟秀蘭的學習精神真是讓我敬佩。美月姊和孟宗詩社新惠老師曾回饋說：「今年因為疫情有了這段線上上課的時光，讓我們可以不受空間限制、零距離上課學習，而且在課後反覆地複習影片內容，真是太感恩了！」美月姊的女兒虹華說：「我媽媽學過無數的才藝課，有插花、烹飪、拼布等，但在河洛漢語詩詞吟唱課程裡找到她的最愛。因為在課程中，她不但可以學到詩詞朗誦、吟唱以外，又可以學到賞析、歷史、地理等知識，滿足了她的求知慾。甚至在線上上課的同時，也吸引了爸爸和全家人一起進入優美的詩詞殿堂。現在我們全家人聚在一起時，時時刻刻都是歌聲悠揚，每天洋溢著幸福、快樂的歡笑。非常感謝梅川傳統文化學會盡心竭力的傳承中國傳統文化。」是的！梅川傳統文化學會年年不間斷地吸引更多學員與家庭學習中國詩詞之美，甚美哉！甚美哉啊！

偶戲之都

——虎尾鎮梅川年度參訪後紀

陳昭惠

梅川傳統文化學會理事

一　梅川是個知性感性兼具的社團

梅川推展的是大漢之聲的河洛漢語，這是講求詩詞歌賦很感性的東西，學員在古典文學的薰陶下，個個知書達禮，也頗有中國紳士、淑女的風範，在言談舉止之間，總是充滿著詩書禮樂的感性。

為了學員身心的平衡，不管是專題講座、文化參訪、名人訪談，甚至於每年的自強活動，儘量講求知性活動，讓學員在求知上有所成長，像前幾年的古蹟巡禮、傳統建築之美……讓學員受益良多。

二　「偶戲之都」參訪

為了能夠把這個活動辦得盡善盡美，主辦人吳駿林常務理事除了電話聯繫相關單位外，在參訪的兩週前，並請理事長及常務理事、導覽老師，做實際探勘訪查，以了解本次活動進行的流程。

經過一天的訪查，大家坐下來仔細盤點，研討可行方案，再由負責老師電知確認，因應時程、導覽老師、環境多項考量，總算有這一次的「偶戲之都」的參訪。

三　偶戲之都：虎尾鎮

今年梅川參訪活動，安排到雲林縣虎尾鎮，除了認識布袋戲外，也來認識這個被稱之為「糖都」、「巾都」和「偶戲之都」的虎尾鎮。

兩年前，我曾走訪虎尾，也是為了參加文化資產——傳統戲曲研習來的。當時，確實除了扎扎實實上了一天的課，了解布袋戲發展傳承等等知識外，我最感興趣是地方文史部分，特地到處晃晃，搜尋相關資訊，發現虎尾發展過程中，有許多值得深入瞭解的地方。那，接下來就說說虎尾鎮的小歷史吧。

雍正十二年（1734），今土庫鎮、虎尾鎮一帶設有大坵田堡，其開墾大致從西往東，虎尾較土庫開發為晚。該堡之東有一小沙丘（臺灣話稱「沙崙」），周遭稱大崙腳，推測為今虎尾鎮大崙腳公園所在，一條名為「吼尾溪」（後來的虎尾溪）的溪流流經大崙腳之南。

漢人大規模的開墾於乾隆年間，雲林縣誌記載，乾隆二十四年（1757），福建閩人郭六才等人至大崙腳招佃開墾，在虎尾溪北邊一處俗稱「後尾」的地方搭建五間簡陋草寮，是「五間厝庄」地名比較可信的由來。開墾成功後，郭六才成為大坵田堡的大租戶（擁有土庫、虎尾所有田地）。後來大租權數次轉賣，於乾隆五十五年（1788）因大租戶翁姓涉入漳泉械鬥，大租權被官府抄封。乾隆三十年（1765），大崙腳居民建德興宮，祀奉池府千歲，人稱「大崙腳王爺」，是今日虎尾地區的主要信仰之一。

《臺灣通史》卷三十二記載，林恭等人於咸豐三年四月下旬響應道光末年開始的太平天國之亂，在臺發起抗清民軍，賴棕是叛軍領袖之一。《雲林縣採訪冊》記載：「咸豐三年（1853），賴棕犯嘉義；五月初六日，大崙腳庄曾雞角聚眾應之，大坵田堡內大恐。里人陳適均集鄉勇自固，境賴以安。」同年七月底林恭之亂即被官兵剿滅。後來不知何年間，大崙腳街就荒廢凋零，日據初期繪製的臺灣堡圖上標示為一片墳墓。而後，大崙腳一詞未再成為虎尾地區的庄名或里名。虎尾溪邊的五間厝庄雖存，但也長年沒落。

日據時期是虎尾地區，尤其是五間厝迅速繁榮的重要時期。一九〇一年，虎尾地區尚屬臺中縣斗六廳土庫支廳大坵田堡，一九〇六年，大日本製糖株式會社在土庫支廳五間厝庄河岸邊設五間厝製糖工場（今虎尾糖廠），不少日人隨之移居虎尾，並為當地提供就業機會。當時糖廠宿舍區及附近市街已有都市規劃，採棋盤式設計，仍以日本一貫的種族隔離政策，分為日本員工宿舍區和臺灣員工宿舍區。宿舍區內有公園（今同心公園）、澡堂、神社、火車站（五間厝驛）、教育機構、醫院、旅社等，是雲嘉南地區於日據時期鮮見的規模。一九〇九年時在今天虎尾科技大學第一校區內設置日本人子女才能就讀的小學校斗六小學校五間厝分教場，一九二一年獨立為臺南州虎尾郡尋常高等小學校，即今安慶國小。而據一九一五年的戶口調查，五間厝庄居民兩千餘人中，近半是日本人。次年為紀念日本大正天皇即位五周年，建了五間厝神社。

一九二〇年，臺灣行政區劃重劃，五間厝庄發展已較土庫庄迅速，將改名為虎尾庄的五間厝庄和土庫庄周邊各庄建置臺南州虎尾郡，虎尾自此取代土庫成為周邊政經、文化中心。虎尾郡役所設於今日虎尾鎮林森路與中山路的路口。一九二八年，政府成立技職學校虎尾農業補習學校（今虎尾農工）。一九三三年，虎尾庄升格為虎尾街，人口已有二萬餘人。一九三六年，日本在虎尾設置虎尾飛行基地，戰爭末期曾為神風特攻隊基地。一九三九年成立虎尾家政女學校，次年更成立臺南州立虎尾高等女學校（後來的省立虎尾女中，1981年併入虎尾高中）。一九四二年，因學生數增長，日本在街內設立第二所國民學校虎尾街南國民學校（今日立仁國小），原虎尾街國民學校（今日虎尾國小）則改稱虎尾街北國民學校，即當地耆老口中的「南國民、北國民」。太平洋戰爭開打後的一九四四年十月，虎尾糖廠與虎尾飛行基地首次遭到美軍轟炸，至日本投降為止，虎尾一帶遭到一千二百枚炸彈與燃燒彈攻擊。戰後，虎尾郡被遣送回國的日本人就有七千人，除嘉義市外，以虎尾被遣送的日人為最多。

戰後，一九四六年一月成立臺灣省臺南縣政府，將臺南州虎尾郡虎尾街改制為臺南縣虎尾區虎尾鎮，設區署與鎮公所。

一九五〇年八月十六日，行政院院會將臺灣省由九省轄市八縣改為五省轄市十六縣，並廢掉「區」的層級，原臺南縣部分分出臺南縣市、嘉義縣、雲林縣，雲林縣是由斗六、虎尾、北港三區所組成，虎尾地區始改為雲林縣虎尾鎮。

重新設置雲林縣時，虎尾曾與斗六競爭縣治的位置，當時「置縣暨置縣址委員會」成員幾乎都來自斗六地區，積極向政府爭取將縣治設在斗六，引發虎尾地區居民不滿。後經協調後，縣治設於斗六市，司法部門雲林地方法院設於虎尾鎮，紛爭才平息。

此次文化參訪規劃，是以認識臺灣布袋戲為主軸，雲林布袋戲館是主要地點，但為了深入瞭解虎尾鎮的發展，一起介紹位於林森路上四個館舍，是雲林縣暨虎尾區發展的重要見證。

日據時期於一九二〇年設虎尾郡，但虎尾郡役所直到一九三一年六月一日才落成啟用，二戰後，一九四六年改為虎尾區警察所，一九四九年改制為雲林縣警察局虎尾分局，一九八九年虎尾分局才遷到光復路新址。雲林縣政府在一九九九年委託雲林科技大學調查研究，提出《雲林縣虎尾鎮布袋戲主題館規劃報告書》，依此計畫於二〇〇二年委託建築師李正隆檢修設計，修復工程由任發營造負責，二〇〇六年十二月完成修復，於二〇〇七年十一月正式作為雲林布袋戲館使用。

虎尾郡役所：雲林布袋戲館

建築特色以融合多種媒材的「半木造式建築」，為當時試驗性的設計。磚造部分利用澳門進口的清水紅磚，建築設有通風系統，使室內可在無空調的狀況下降溫。窗戶採用「平衡錘式推拉窗」。此建築見證了虎尾地區發展，深具歷史意義與建築藝術價值。

目前為雲林布袋戲館，所有權屬雲林縣文化觀光處，委外營運管理，館舍空間劃分為一樓展示區域、二樓展示空間、三樓金光大戲院（原郡役所會議廳），一樓展示區域分為特展區及常設展區，特展區常邀請具有特色之團隊為主要展示規劃，三個月至半年換展，以布袋戲的特色展覽為主。常設展區以布袋戲沿革歷史為主，將布袋戲於不同階段的特色以靜態方式呈現。此外，配合展場空間設計簡易式互動裝置的設置，讓民眾觀展同時，能深刻了解布袋戲發展歷史。

虎尾合同廳舍

虎尾郡守官邸：雲林故事館

虎尾合同廳舍

為日據時期消防單位觀測轄區失火位置與完成通報之緊急救災建築物，建於一九三〇年，建築形式與臺南州一九三九年完成之消防隊有異曲同工之妙。建物四層樓高之瞭望塔，曾是虎尾最高的建築地標。本建物於二〇〇一年十月三十一日登錄為歷史建築，二〇〇六年十二月完成修復。

合同廳舍為日據時期官方辦公廳舍的特殊建築類型之一，所謂「合同」乃合署辦公之意，在空間組織上是不同單位的空間群組，有各自獨立的出入動線。以虎尾合同廳舍為例，空間組織如同立面造型，以中間入口將空間分隔為左右兩區，兩區各有獨立出口，可獨立使用同時也各有自內部朝中央主要入口。合同廳舍內部空間包含三大部分：郡役所直轄派出所、消防組、公會堂。

二〇一三年十二月結合誠品書店及星巴克咖啡重新翻修的三級古蹟，是誠品書店及星巴克咖啡在雲林縣第一間門市。

虎尾郡守官邸：雲林故事館

雲林故事館，原稱虎尾郡守官邸，約創建於一九二〇年至一九二三年。是一座相當完整的日式房舍，為虎尾郡階層最高的「屋敷」（高級建築）。

國民政府遷臺之後，郡改為縣轄區，郡守改為區署署長，因此郡守官邸改為區署署長宿舍。一九五〇年實施地方自治，改為雲林地方法院院長宿舍，外部延伸加蓋廚房。一九九六年起閒置。二〇〇〇年，「虎尾巴文史工作室」發起保存運動，重新整修、去漆、打除加蓋部分及圍牆。二〇〇一年九月五日定為縣定歷史建築。

虎尾出張所：雲林記憶 Cool

虎尾出張所：雲林記憶 Cool

虎尾登記所，原名「臺南地方法院虎尾出張所」，設於一九二一年四月，主要為辦理地方不動產登記業務，管轄範圍涵蓋日據時期虎尾郡下虎尾街、西螺街、土庫庄、二崙庄、崙背庄、海口庄等街庄。隨著虎尾地區工商經濟蓬勃發展，嘉南大圳完工通水，出現大量可耕地，原本的虎尾登記所辦公廳舍即因狹小不敷使用，遂於一九三〇年搬遷擴建。登記所內部窗口儲臺及儲存櫃完整，為日據時期土地產權制度的重要見證，亦在戰後作為法院倉庫使用，二〇一二年由雲林縣政府登錄為歷史建築。

這四個館舍均是完成於日據時期（日本殖民臺灣約51年），見證虎尾鎮由傳統農業小鎮，轉身成具有地方行政、經濟產業、傳統文化兼具的小鎮，站在林森路、中山路這個十字街口，有如回望那個時代的種種，讓我們想到什麼？

當時，日本政府為了能完全掌控臺灣，達成殖民統治利益，對於地方行政區劃劃分就有十次之多，派任了十九位臺灣總督，依對臺統治原則約可分為：前期武官總督、文官總督時代及後期武官總督。歷任總督或總督府官署系統中，有不少稱職的技術官僚，對於臺灣在基礎設施、教育設施、公共衛生、農業以及工業等各方面得到一定程度的現代化。但原則上，仍由官方為日本資本家量身定做各種規則，強迫臺灣提供資源、物產及勞力，為其服務。在殖民國家發展定位上，日本將臺灣做為支持本國工業的後盾，也是日本向南洋發展的基地。

回顧這段臺灣歷史，不得不承認，臺灣後來現代化建設是日本奠下的基礎，但日本在臺灣實行特別法，以警察政治控制社會，社會上也存在各種差別待遇啊。歷史就是歷史，已然發生，不能抹滅，唐太宗在魏徵病逝後，哀痛的對群臣說：「以銅為鏡，可以正衣冠。以古為鏡，可以知興替。以人為鏡，可以明得失。朕當常保此三鏡，以防己過。今魏徵殂逝，朕遂亡一鏡矣！」所以，不必仇日，也不必媚日。不知，夥伴們是否有同感！

四　結語

「偶戲之都」的參訪，雖是梅川傳統文化學會的自強活動，對梅川整個年度活動，僅僅是小小的環節，但我們希望讓大家有個觀念，要有「小事看成大事」的理念，才能做到事事盡心，凡事不馬虎，感謝這次參與籌辦的各位學長，以及認同參加的夥伴。

《梅川》會刊簡介及刊物特色

王美懿
梅川傳統文化學會會刊主編

一 《梅川》成立宗旨及刊物推廣

梅川傳統文化學會的前身是「梅川詩會」，這一個民間的社會團體，卻足足折騰了十二年。兩年的孕育期，四年的草創期，以及六年的成長期，總算在二〇〇〇年十二月九日，正式定名為「梅川傳統文化學會」成為全臺性社團。以「同諳河洛漢語朗讀吟唱，承續雅頌古風之餘韻；共研詩詞歌賦禮樂典章，體認文化道統之精深。」為宗旨。

隔年的元月，《梅川》創刊號，在吳耀贊理事長帶領主編張春惠老師，編輯小組：柯淑芳、柯翠霞、林英華、莊心心，美編：何世龍、蔡玉盤、黃子晏同心協力下，終於跟大家見面了，也開啟《梅川》會刊緜遠又艱辛的編輯路。

二 門外漢竟能粉墨登場

《梅川》會刊的誕生，我們最應感謝的，就是當時的主編張春惠老師。張老師謙虛的說：「在物色主編人選時，只因為我是中文系畢業的，跟文字的因緣無法切隔，就成為當然人選。」春惠老師謙虛的說：「我既是門外漢，也不會電腦打字，但責任上身，只好硬著頭皮向前衝。」

首要工作，就是自費去學習打字，在牛步化的進步中，也發覺自己的進步，宛如像上升的火箭，一兩個月，也了解自己的潛力竟是如此的不可思議；在排版上，也找來蔡玉盤賢伉儷做臨場指導，總算也完成幾篇大作的排版，看起來這小小的成績，對春惠是莫大的鼓勵。於是，她編得更起勁，除了吃飯時間，整天就坐在電腦前，打字、排放、剪輯、尋找圖片、畫畫……，只要跟會刊相關的事，主編都得親力親為。

編輯的任務就是「找來更多的稿件」，《梅川》在發行初期，就已界定為會內書刊，不對外發行，「對外徵稿」幾乎斷了線，學員只好繃緊腦袋，成為最重要的邀稿對象。

主編在「稿源」缺乏下，打躬作揖是例行常事，「訪問稿」自己要粉墨登場，「專題講座」要自行物色人選，各項「專題編務」不得無中生有，只好集思廣益到處網羅。好在，編輯小組成員個個神通廣大，只要親朋好友中，傑出特色的文字愛好者，都成為蒐羅的對象，總算在大家幫忙下，把稿件收集齊備，一場艱困的戰爭正式上場。

三　編輯實務的參與

（一）「打字編排」的初體悟

有了稿件，就得打成文字稿。有的編輯可以幫忙。可惜張老師是個電腦白癡，自從接了主編，就知道「打字」是逃脫不了的責任，練習了兩個多月，總算是考驗的時機，為了一篇二千字的文字稿，就要花費二個小時，為了爭取時效，只好連夜趕工練習，總算把作品都變成文字稿。有了幾篇實際編排經驗，應該可以得心應手。當稿件一下子蜂擁而至，才發覺只憑自己學的那三腳貓的功夫，自然捉襟見肘。立刻跑去文書翠霞小姐那兒找救兵，經過幾次的研討及問津，總算在實際編排又增進不少。

（二）主編猶如設計師

對於文字的打字已粗具基礎，但在文字中要穿插相片，就應該具備編排設計的本事，要了解掌控設計的基本原則，文字稿在東湊西填中，要成為有「視覺美感」的畫面，那是要多用頭腦的，如果將文字、線條、形狀，再添加一些明暗、顏色等元素，提供一個架構，就得考慮「統一與多元」的統整，文字圖樣如何連接，背景的平衡，佈局的對比，如何做到息息相關，都是不能忽略的問題。

當《梅川》創刊號呈現在大家眼前，大家雖熱烈給編輯小組掌聲，但大家心知肚明，文字、圖片並沒有適當融合。這方面的毛病，就是圖片跑不進文字稿中。到了第八期，我們發現這方面的毛病改進了，圖片再也不是陪襯品，或是填補文字空檔的無用角色。

這樣循序漸進的學習，作為主編的張春惠老師一定倍受煎熬，尤其，在十月後準備出刊期間，從邀請、打字、校對、編排，只好守在翠霞身旁，看著她如何調配行距，如何將圖片穿插在文字稿中，總算領會到文字、圖片的統一協調。

對於張老師的參與編務，我們心中說不出的感激，她像誤入叢林的小白兔，什麼都不懂的情況下，能夠堅持編完十二本《梅川會刊》，那是多麼了不起的成績。我們忍不住要說一聲：「張春惠老師，您替梅川打下一片大好江山，您真偉大。」

到了第五屆理事長賴佳源接任，由林生源老師負責主編工作。林老師過去曾在國語日報社服務過，協助編務，對出刊事宜稍有涉獵，也樂於付出。尤其林老師交友廣闊，除了自我創作外，稿源自然不成問題，後來林老師接任第六、七屆理事長，第六屆委請蘇禾莞老師擔任主編，第七屆委請王美懿老師擔任主編，稿件的蒐集、安排、設計，依然委託林老師全權負責。

第七屆主編王美懿老師，曾經在編務上下過工夫，也參與編務的指導，算是理論及實務上都相當有經驗的主編。在他主編任內，也突破以往的藩籬，設置了許多頗有建樹的建言，替《梅川》會刊開啟了一個新紀元，貢獻真不少。

四　《梅川》會刊對「主題」的呈現

梅川傳統文化學會是以「河洛漢語」之推廣為主軸，梅川的主要活動，自然就是針對以下三大主題，去做推展與檢討。

（一）定期舉辦招生：高階班進入十六期招生。進階班已進入二十八期。初階班進入三十四期招生。

（二）每年五月舉辦「大漢清韻詩詞朗讀、吟唱大賽」。今年已舉辦第十六屆大賽。

（三）每年十一月舉辦年度發表會。二〇一七年雙數年邀請全臺各大詩社，於室外舉辦「聯吟活動」，人數掌握在四百人上下，參與隊伍二十五隊上下。二〇一八年單數年由梅川各團隊學員，在中山堂室內表演廳舍做年度發表會，檢視本年度教學成果，以為爾後教學之改進參考。

《梅川》會刊的神聖使命，就在傳達梅川創立的主旨，以及推展會務的真義。在這樣的責任趨使下，《梅川》三大主題下的活動，自然要鉅細靡遺的記錄下來。梅川會刊的「專題報導」，就是針對這些活動進行的籌畫及檢討記錄；「專題講座及參訪」是記錄梅川舉辦的各項講座與參訪活動；「設計專欄」是針對國學的各種面向，做有次序的探討。「古典詩詞」、「墨寶欣賞」、「小品品嚐」這些都是梅川常設的專欄。

（一）專題報導：分門別類分為大漢清韻競賽、年度發表會記實、會務報導、藝文短笛、心靈交流站、吟唱采風，不但給《梅川》留下活動的記錄，也寫下大家對活動的評價。在這些回響的報導中，我們發覺到，大家對學會的熱忱提升了，參與活動的熱力更積極，學會的知名度更是遠近馳名，這都歸功於《梅川》會刊的推波助瀾。

（二）專題講座及參訪：為了提升學員的知識，不定期或定期邀請專家、學者，做系列的專題講演。在名家的解說下，能夠讓學員吸收新知，增進見聞。尤其，若是講座能夠配合年度的參訪活動，我們把專題講座及景點導覽做一個結合，不但有靜態的知識傳達，還有動態的解說，這對求知欲超強的梅川，是相當討喜的。

（三）設計專欄：本學會以文化傳承為職志，提升學員的國語文為首要工作。於是從十九期起開始，我們的「舞文弄墨話文學」單元應運而生，創會理事長吳耀賛老師講授「國學一點通——詩詞創作」，李建福教授專講「對聯」，林生源老師專講「作文教學」。這些常設的教學專欄，在三年內也完成部分效果，學員反應都相當不錯。或許隔些時日，再更換不同專文跟大家見面。

（四）「古典詩詞」、「墨寶欣賞」、「小品品嚐」這些專欄，不但能契合《梅川》會刊成立宗旨，而且都是清新可讀的好作品，也在《梅川》會刊佔據大部分的頁碼。這三項專欄都是學員在河洛漢語的學習之外，純屬個人的才藝創作。

五　「主編」人員之遞換

「梅川主編」人選，由理事會敦聘的工作人員，肩負工作十分沈重，由邀稿、選稿、校稿一手搞定，好在幕後有位隱形編排高手，負責版面的編排，最後由主編寫好〈目錄〉、〈編後語〉，幾乎接近大功告成。最後由理事長交由印刷廠，做最後的校對，呈送「出版品預行編目」，以符合原定出版日期，才算完成。

《梅川》主編及編輯小組成員，都非專業的編輯、設計人員，在資源、人力窘迫的情況下，就像「摸著石頭過河」，邊學邊做，好在大家互相提攜幫忙，都能在辛苦中不辱使命。

從第一屆理事會起至第四屆理事會，勞苦功高的張春惠老師，編了十二年，時間很長，他的專注和用心，是別人無法體會的。第五屆由林生源老師接任三年。第六屆由蘇禾莞老師又接了三年，在百忙中幫忙編務，也費盡很多心力。第七屆由王美懿老師續編了三年。王老師接受過這方面的薰陶、訓練，在理論及實務上都相當有經驗，對於年刊的編輯，應該是駕輕就熟的小事，但準備博士論文花掉太多時間，也編得十分辛苦。不過，她提出「國文一點通」的專欄，贏得普遍的認同。在編輯小組的同心協力下，大家竭盡心力，《梅川》也展現不一樣的風格，也編出頗有特色的會刊。

六　對未來的展望

會刊是團隊的靈魂。會刊可以看出社團的特色，更可以看出社團的文化水準。

爾後，如何強化《梅川》的內容，更應該在版面設計上，注意其活潑性、專業性、藝術性，從文創美學的強度上，達到文質俱佳的好會刊；更應該在人材培訓上，組織《梅川》會刊編輯群，施予年度集訓，只要人力齊備，會刊必能更加精益求精。

梅川的現在與未來

林生源
梅川傳統文化學會榮譽理事長

一　前言

對於擁有二十一年的民間社團，可以說尚是稚嫩茁壯的歲月，未來拚搏發展的空間是可以預期的。

環顧臺灣的書院、詩社，一百多年歷史的不在少數。但經過持續聯繫，才發現多數已虛有其表，不是人員老成凋零，就是早已收攤，不再運作，淒慘的下場令人不勝唏噓。

這樣的命運是否會遺傳？悲慘的下場會不會輪到梅川身上，種種不好的預感飄然而至，難道「梅川」不應該要藉機惕勵，給自己的將來規畫一個璀燦的藍圖。因為，我們正站在風頭浪的顛峰。

二　「梅川」該如何扮演好角色

梅川從二〇〇〇年十二月九日起，成為全臺性的民間社團，以「同諳河洛漢語朗誦吟唱，承續雅頌古風之餘韻；共研詩詞歌賦禮樂典章，體認文化道統之精深」為宗旨。

從「梅川」成立宗旨來看，梅川在推展河洛漢語的責任，至少有四大項的工作，是責無旁貸的。

（一）教導河洛漢語的看、聽、讀、寫、作五項語文科的工作要做。

（二）學習古典詩詞的寫作，了解詩發於言，言發於音，音發於聲，聲發於情的道理，故要學詩，先學「聲調」。音階、板眼乃詩之聲韻，故詩必調其「平上去入」，研究中國詩，自應解乎「音律」，再求法度。

（三）學習詩之法度，統而言之，即聲調、格局、文法、境界、含蓄……，猶須體其變化，明其結構。

（四）肩負傳統文化之傳承，並配合現代傳媒工具，做好推廣，並發揚光大。

三　「梅川」到底做了什麼？

從創會理事長吳耀贇老師開始，大家都有一種體認：「既為梅川人，即是一輩子梅川人。」吳老師以身作則，放棄自己的書法專長，這個可以「名聞利養」的生財之道；甚至把自己陶冶心性，鍾愛一生的古琴也束之高閣，沈痛的告訴學員：「河洛漢語是中國的國粹，大家要跟我一樣，努力的傳揚出去，才對得起我們的先聖先賢。」

從《梅川詩社》開始，吳耀贇老師白天在衛道中學教物理，晚上到樂成宮教河洛漢語，講義、教材一手包辦；外面的邀請講座、專題演講、學校的推廣教學，讓老師像永不停歇的陀螺，但老師樂此不疲，還覺得跑得不夠勤快。好似不這樣努力，就對不起師尊那語重心長的託付似的。

經過三十三年的慘淡經營，目前梅川的教學活動也頗具規模，個人願將其中犖犖大者，敘述如下：

（一）各項教學活動

1 文化志工培訓

二〇二一年十一月十四日至二〇二二年三月二十日於福興里活動中心上課，上課時間為每週日晚上七點至九點二十分，上課班別為漢語研習高階班第十六期、漢語研習初階班第三十四期。

2 校園推廣

（1）烏日國中本土語言社社團（閩南語）：上課時間為每隔週週二下午二點零五分至三點五十分。

（2）中山國中本土語言社（社團）：上課時間為每週隔週三下午一點至二點四十分。

（3）漢口國中閩南語社：上課時間為每週三下午三點十五至四點五十五分。

（4）中興大學中興古韻詩詞吟唱社：上課時間為每週四下午五點半至七點。

（5）潭子國中（社團）：上課時間為每週四第六、七節上課（共20節）。

（6）中平國中（社團）：上課時間為每週三第五、六節上課（共20節）。

3 社區推廣

（1）彰化縣長青學苑：上課時間為隔週四下午一點半至四點二十分。

（2）臺中市南區長青學苑河洛漢語詩詞吟唱班：臺中市政府委辦，上課時間為每週三、六上午九點至十一點。

（3）積善社區：上課時間為每隔週二上午九點半至十二點。

（4）溪頭孟宗詩社：上課時間為每週一早上九點至十二點。

（5）大里大元關懷據點：上課時間為每週五早上九點十分至十二點。

（6）大里清心老人日托中心：上課時間為每週五下午二點至四點。

（7）臺中市番仔火文化協會：上課時間為每週四早上十點至十一點半。

（8）南區長榮里關懷據點：上課時間為單週星期二早上十點至十一點半。

（9）梅川讀書會（地點：美玉副理事長家中）：上課時間為每週三下午二點至四點。

4　校外講座

（1）河洛古韻：二〇一〇年應菩提仁愛之家長青學苑邀請，講授「河洛古韻」課程，迄今已進入二十三期。

（2）古典詩詞賞析班：二〇〇六年起，應臺中市孔廟邀請，講授「古典詩詞賞析」，迄今已進入五十二期。

二〇二〇年
大漢清運詩詞雅樂發表會

二〇一九年五月十九日
大漢清韻河洛漢語朗誦吟唱大賽

（3）玄門中樞院河洛古韻班：這是玄門中樞院，為提昇河洛漢語的藝術水準，特別禮請老師講授課程，目前已進入第二期。

（二）大漢清韻河洛漢語朗誦吟唱大賽

自從二〇〇五年開始，第一屆大漢清韻河洛漢語吟唱大賽在臺中市孔廟如期舉行，比賽分為十二組（幼兒經文朗誦團體組、幼兒唐詩吟唱團體組、國小經文朗誦團體組、國小唐詩吟唱團體組、國中古文朗誦團體組、國中宋詞吟唱團體組、青年古文朗誦團體組、青年宋詞吟唱團體組、社會樂府朗誦團體組、社會宋詞吟唱團體組、樂府朗誦個人組、宋詞吟唱個人組），比賽當場一律背誦。

經過審慎的比賽過程，敘獎方式如下：

（1）每組取前三名及優選若干名

第一名：獎金五千元及獎牌一面、獎狀一張。

第二名：獎金三千元及獎牌一面、獎狀一張。

第三名：獎金二千元及獎牌一面、獎狀一張。

優選：若干名獎狀一張。

（2）學校或社團之團體錦標獎

團體冠軍獎：依得獎名次最佳之學校或社團，頒發獎牌一面。

最佳人氣獎：參賽總人數最多之學校或社團，頒發獎牌一面。

最佳貢獻獎：對本活動貢獻最多之學校或社團，頒發獎牌一面。

（三）大漢清韻詩詞雅樂發表會

（1）梅川的年度發表會，一直是梅川的重中之重，無論是動員的人力、財力、時間，都是難以數計。大家也希望藉這個好機會，把梅川最美好的特色跟大家分享，也藉這個機會呈現在大家眼前。有這個機會出現在表演廳，大家更感覺身為梅川人的榮譽。

（2）緊接著二〇一三年臺中市文化局，邀請梅川學會出席臺中文學館動土典禮。

（3）二〇一四年起，梅川主動參與「全國詩人聯吟大會」，是梅川在詩壇前進的動力。尤其梅川抱著謙虛學習的態度，也贏得全臺眾多詩社的好感。

二〇一七年首度邀請全臺各大詩社作聯吟

（4）臺中市政府對梅川的付出，一直讚譽有加，文學館的開幕典禮製作音樂影帶，全天播放。臺中讀詩節、文化列車，都成為梅川嶄露身手的好機會。

（5）發表會的持續發展，到二〇一七年梅川作了重大變革。雙數年邀請全臺各大詩社作「全臺聯吟」，場地選擇在室外舉行。單數年由梅川學會會員，在中山堂舉行年度成果發表會，順便檢討年度教學成果，頗受社會賢達、仕紳的肯定。

（6）「立足臺灣、放眼世界」，這是梅川多年的心願，但「只聞樓梯響，不見人下來」，大家一直耿耿於懷。二〇一六年常州吳文化研究會邀請吳耀賢老師，出席「2016書院文化高層論壇」，老師並發表〈擔負書院功能之漢學私塾〉論文，贏得與會佳賓之讚賞。二〇一九年應湖南長沙中南大學文學與新聞傳播學院之邀請，參加「兩岸經典吟誦傳播與當代詩詞創作研究」的高峰論壇，吳老師並以〈河洛古韻聲韻呼切原理——由聲音進入大漢民族的心靈深處〉；二〇二〇年更接受山東省邀請，參與了「魯臺兩岸端午詩會」，在兩岸文化交流上，也劃下時代積極的交流。

（7）詩社聯誼：這是梅川對全臺詩社最真摯的關懷，只要詩社有活動，邀請卡成為大家聯繫的密碼，在排除萬難下，儘量參與對方的活動，使詩社的聯誼保持正常運作。

四　梅川現況的缺失

（一）志工團隊的長青不倒

從梅川全年的工作量來看，前半年是「大漢清韻詩詞朗讀、吟唱的競賽」；後半年是「大漢清韻詩詞雅樂發表會」。兩個大型活動中間，我們的教學活動都從無停課，在這種緊湊的時間逼迫下，大家只好繃緊神經，來度過這難熬的歲月，好在我們有一群可愛又美麗的志工團隊，那就是「救國團臺中市東區團委員」以及「救國團臺中市真善美聯誼會」，他們負責會場秩序及活動的推展，有了他們的維持和協助，工作才能有條不紊的完成。

要是這些可愛又可敬的義工，有時候有什麼變動，我們的學員是否能承擔下這些工作？要如何找些志工來填補這些人手？有些事在常理下是不可能出現的，有些事就變成杞人憂天，我們不是常說：「明天和意外，誰會先到？」我們不希望災難會降臨，但考慮志工的源源不絕，絕對不能等閒視之。

（二）師資的嚴重短缺

梅川的師資是各詩社相當羡慕的特色。我們擁有堅強的師資群數十名，應付目前的教學是綽綽有餘，因為梅川的現況僅有十七班，但是未來的梅川絕對不僅僅滿足目前的現況。這幾年間，看著班級數成倍數的成長，我們在師資的培養上，更須要等比級數的向上成長，否則可能有停滯不前的隱憂。

（三）要重視「教學多元化、表演多元化」的開發

梅川的特色是「河洛漢語」的教學，以朗誦和吟唱為兩大支柱，這方面需要很多年的精進，才能搞懂呼切原理、連聲變調，斷句、意境的探究，進而學習吟唱，自然事半功倍，水到渠成。

河洛漢語的表現方式，除了朗讀、吟唱外，難道沒有其他表演方式嗎？我們是否可以從說話、戲劇、說唱、……找到其他的表演技巧，使我們的表演效果更多元化，以符合觀眾需求。

（四）協助「吟唱藝術表現」的周邊學習

梅川的表演，個人唱腔的表現至關重要，但個人表現的方式五花八門，只要加點花樣，對表演藝都是加分的。為提升自己表演的質感，梅川可以請專業老師施以手語、動作、腔調的訓練，甚至於樂器的學習，把音樂的美感及吟唱密切結合，表演的多樣化，不但豐富自身的表演實力，也會給觀眾帶來視覺及聽覺的享受。

（五）具備「古典文學」的基本素養

梅川是河洛漢語的學習機構，以古典文學及韻文為表演標的，每

個人對古典文學的基本素養一定要具備。詩歌的文字斷句、聲調、對仗、文法、格局、含蓄、境界，都要體其變化，明其結構。

為了實現這個理想，須要求多讀詩詞，請專業老師做好賞析、講解，務必讓學員體認讀書的重要，自己能在古典文學詩詞、韻文多加涉獵。

五　重塑梅川的定位

（一）「找回詩壇領頭羊」的風采

過去的梅川，一直謹守分際，打著「與別人共好」的旗幟，希望能夠跟各地詩社在「推展河洛漢語」上攜手並進，把「河洛漢語」的聲韻之美運用得唯妙唯俏。

幾年來，中臺灣各詩社跟梅川已建立水乳交融的情誼，「梅川」宛然成為中部詩壇的領頭羊，大家在相互激勵下，都有長足的進步。梅川更在發表會的活動裡，邀請觀禮，甚至於參與節目演出。

梅川應有一個自我期許的心願，有義務帶領中部詩壇的好朋友，把河洛漢語這個文化的種子，在全臺各地開花結果；甚至於在華人的世界，成就一股風潮，把「河洛漢語」的文化旗幟，飄揚在世界各地。

（二）建全社團內部組織結構

為實現這遠大的理想，在組織結構上需要做部分修正，以「帶領風騷，端正詩風」為未來走向全臺參考。具體內容就是先建全內部組織架構，以二〇一九年的會務分工表為依據，再斟酌調整，以做到人盡其才，事事都有人做。

（1）副理事長是理事長未來儲備的當然人選。

（2）副理事長協調各組「横的連續」最佳人選。

（3）主編組織編輯小組，並負責出刊「會刊」。

（4）指導教學活動之教師，要有擔當教學之熱忱，並願意承擔教學活動之派遣。

（5）推廣組和活動組要能主動出擊，要積極參與招攬、推銷、表演之工作。

（6）演出組對學員之表演，要實施常設教育流程之訓練，跟教學組保持默契，並延攬專長之師資予以組訓。

（7）秘書處隸屬行政組，秘書長掌控其運作之順暢。

（8）影音資料之發放及記錄，應該要更加主動、積極；上課錄音資料之上傳，活動中的錄音或攝像更要積極向外發送，達到宣傳的效果。

（9）理監事是梅川的骨幹，要引領各組，積極發揮參與的熱忱。

（10）培養種子教師，給予參與教學的磨練，只有多給予學員站上講臺，師資才不致匱乏，列為首要的重點工作。

六　結語

梅川的成長，雖是一件喜悅的好事，但如何與時俱進，這是梅川人必須肩負的重責大任。我們看見書院、詩社的凋零，都是殷鑑不遠的鐵證。

我們期待梅川有更茁壯的成果，只能苦口婆心的提出建言，更希望大家繃緊神經，為梅川未來的二十年規畫藍圖，只許成功，不許失敗，等到梅川成功願景呈現眼前，我們就可以把酒言歡，再來好好的慶祝一番。

文學研究叢書．古典詩學叢刊 0804031

臺灣古典詩社采風　第二輯

主　　編　林宏達
編　　輯　郭妍伶、高守鴻
責任編輯　林涵瑋

發 行 人　林慶彰
總 經 理　梁錦興
總 編 輯　張晏瑞
編 輯 所　萬卷樓圖書股份有限公司
　臺北市羅斯福路二段 41 號 6 樓之 3
　電話 (02)23216565
　傳真 (02)23218698

發　　行　萬卷樓圖書股份有限公司
　臺北市羅斯福路二段 41 號 6 樓之 3
　電話 (02)23216565
　傳真 (02)23218698
　電郵 SERVICE@WANJUAN.COM.TW
香港經銷　香港聯合書刊物流有限公司
　電話 (852)21502100
　傳真 (852)23560735

ISBN 978-626-386-031-5
2024 年 3 月初版一刷
定價：新臺幣 360 元

如何購買本書：

1. 劃撥購書，請透過以下郵政劃撥帳號：
　帳號：15624015
　戶名：萬卷樓圖書股份有限公司
2. 轉帳購書，請透過以下帳戶
　合作金庫銀行 古亭分行
　戶名：萬卷樓圖書股份有限公司
　帳號：0877717092596
3. 網路購書，請透過萬卷樓網站
　網址 WWW.WANJUAN.COM.TW

大量購書，請直接聯繫我們，將有專人為您服務。客服：(02)23216565 分機 610

如有缺頁、破損或裝訂錯誤，請寄回更換

國家圖書館出版品預行編目資料

臺灣古典詩社采風. 第二輯 / 林宏達主編. -- 初版. -- 臺北市 : 萬卷樓圖書股份有限公司, 2024.03
　面 ;　公分. -- (文學研究叢書. 古典詩學叢刊 ; 0804031)
ISBN 978-626-386-031-5 (平裝)
1.CST: 臺灣詩 2.CST: 臺灣文學史
863.091　112021988